LUCIFER

THIAGO PUGLIESI CARVALHO

DITADO PELO ESPÍRITO
GUARDIÃO DA MEIA NOITE

LUCIFER

A ESTRADA DA EVOLUÇÃO

2ª edição

Rio de Janeiro
2021

ARUANDA
• livros •

Coordenação Editorial Aline Martins
Preparação Editora Aruanda
Revisão Andréa Vidal
Iuri Pavan
Design editorial Sem Serifa
Ilustração (p. 70-71) Paula M. Urbinati | CriAnimAção
Imagens de capa bmanis87/iStock
Zeferli/iStock
Impressão Edigráfica

Texto de acordo com as normas do Novo
Acordo Ortográfico da Língua Portuguesa
(Decreto Legislativo nº 54, de 1995)

Dados Internacionais de Catalogação na Publicação (CIP)
de acordo com ISBD
Bibliotecário Odilio Hilario Moreira Junior CRB-8/9949

C331l Carvalho, Thiago Pugliesi
Lucifer: a estrada da evolução / Thiago Pugliesi Carvalho, Guardião da Meia Noite [espírito]. – 2. ed. – Rio de Janeiro, RJ: Aruanda Livros, 2021.
160 p.; 13,8cm x 20,8cm.

ISBN 978-65-87426-12-9

1. Umbanda. 3. Ficção religiosa. 4. Psicografia. I. Guardião da Meia Noite [espírito]. II. Título.

CDD 299.6
2021-3758 CDD 299.6

Índice para catálogo sistemático:

1. Religiões africanas 299.6
2. Religiões africanas 299.6

ARUANDA
• editora •

[2021]
IMPRESSO NO BRASIL
https://editoraaruanda.com.br
contato@editoraaruanda.com.br

SUMÁRIO

AGRADECIMENTOS

Nesta segunda edição, sinto a necessidade de agradecer às pessoas que o destino aproximou de mim, e que me fizeram um imenso bem, considerando, principalmente, tudo o que atravessei durante a pandemia.

Acredito que sempre devemos honrar aqueles que nos valorizam e que estão ao nosso lado durante a jornada. Portanto, ficam aqui meus agradecimentos às centenas de pessoas que tiveram acesso à primeira edição de *Lucifer: a estrada da evolução* e me trouxeram tantos lindos relatos de identificação e libertação após a leitura.

Agradeço aos amigos e às amigas que propagam informações sobre nossa amada Umbanda na internet e que divulgaram esta obra nas redes sociais por meio de resenhas, sorteios, postagens etc.

Agradeço a toda a equipe do *Céu da Meia Noite* — tanto de Umbanda quanto de Xamanismo. A todos vocês que fazem parte de nosso instituto e que nunca largaram a nossa mão! Vocês são fabulosos, sublimes e somos o que somos graças à força de Oxalá, de Oyá, de Ogum e desse exu que é um paizão para todos nós!

Agradeço também à Márcio Kain, MEU pai Márcio Kain. Um grande ser humano! Depois de conhecê-lo e de ser acolhido em seus braços, me transformei, me regenerei, sou outro, e essa parceria, essa partilha de conhecimento, também contribuiu para melhorar a qualidade de vida de seus netos de santo. Salve a *Tenda de Umbanda Francisco de Assis*! Salve o seu orí!

Agradeço pela família maravilhosa que tenho.

Agradeço aos meus orixás.

Agradeço à minha banda.

Agradeço a EXU por todo equilíbrio e força.

Esta edição é *in memorian* à minha avó, minha ancestral, minha linda *abuelita*, Sidnéa Elia Pugliesi

Saravá!

Thiago Pugliesi Carvalho
Sacerdote do CEU *da Meia Noite*

PREFÁCIO À 2ª EDIÇÃO

No universo, tudo está em movimento, tudo está em evolução. Tudo está ativo, organizadamente ativo, e somente o orixá Exu pode dar sequência à evolução, pois somente ele pode colocar a energia em movimento para alcançar sua finalidade. O movimento evolutivo não é exceção.

É realmente uma honra prefaciar esta obra, por um lado por se tratar de uma publicação umbandista; por outro, para aclamar a coragem de novos e capacitados escritores, como é o caso de Thiago Pugliesi Carvalho.

Lucifer: a estrada da evolução, em especial, demonstra as provas que um espírito precisa superar para alcançar a glória de se manifestar como um guardião exu. Esta visão é imprescindível para que todo umbandista compreenda a importância do trabalho desses falangeiros astrais e, com isso, devote o devido respeito a eles.

Ditado pelo Guardião da Meia Noite, exu de frente do autor, a obra nos conta a saga de um espírito em busca de redenção, mostrando detalhes de passagens difíceis e dolorosas que a entidade supera no caminho da evolução.

A história de Lucifer nos cativa pela identificação imediata que sentimos por ela, pois todos nós passamos por momentos semelhantes, resguardadas as devidas proporções, na superação das adversidades materiais e espirituais cotidianas.

O nome da personagem tem grande importância, pois, infelizmente, ainda o associamos como o grande mal que campeia o mundo. Isso cria uma forte reflexão sobre o momento de cada um — não importa a origem ou a profundidade do problema que se vive, a salvação e a evolução existem e estão ao alcance de todos.

Por mais autores como Thiago Pugliesi Carvalho! Parabéns pela coragem de reproduzir as palavras de seu guia para iluminar nossas obscurecidas mentes. Que você, leitor, possa compreender na totalidade a maravilhosa mensagem que esse livro traz.

Que Oxalá o abençoe, Tiago Pugliesi Carvalho!

Que Oxalá o abençoe, leitor!

De seu irmão na fé e de ofício,

Márcio Kain
Sacerdote de Umbanda da *Tenda de Umbanda Francisco de Assis / Umband´Boa*

PRÓLOGO

De acordo com o misticismo popular que se construiu a partir do Catolicismo, Lucifer é conhecido como o anjo caído. Por muitos, é reconhecido como a personificação de todo o mal, a ruindade na Terra, o opositor de Deus.

Exu é o caos, o vazio absoluto, o senhor da comunicação, o bem, o especulador, o espelho. Exu é o movimento, a desconstrução e a reconstrução. Exu é o tudo e o nada. Exu sou eu e pode ser você. É uma linha de trabalho tão ligada a nós que, quando tiramos o "x" de seu nome, sobra "eu".

Um livro sobre exu, ditado por outro exu que possui a mesma linha de pensamento, sem polimento, traz uma grande oportunidade para que todos conheçam a verdade sobre um dos mistérios mais velados dentro da Umbanda e pelos próprios umbandistas.

Aqui, a cortina será aberta, e todos conhecerão o guardião que carrega um dos mais antigos e poderosos mistérios concedidos a um trabalhador desta linha.

Lucifer é um dos guardiões portadores do mistério do vazio absoluto dentro da luz de Oxalá. Em sua passagem, recebemos valorosos ensinamentos sobre a regeneração por meio da força da fé, da confiança, do amor incondicional, da firmeza e da estratégia frente às dificuldades. Com sua história, aprendemos como um psicólogo anônimo, após seu desencarne, é capaz de transitar entre dois mundos, o Orun e o Aiye, a serviço da Fé, da Evolução, da Lei Maior e da Justiça Divina.

Mojubá![*]

[*] Segundo o *Dicionário Yorubá-Português*, de José Beniste (Bertrand Brasil, 2019), "mo" é o pronome pessoal "eu", e "júbà" significa "respeitar, estimar, admitir como superior". Assim, "mo júbà" quer dizer "meus respeitos". [Nota da Editora, daqui em diante NE]

LUCIFER

A ESTRADA DA EVOLUÇÃO

O DESPERTAR

Já era tarde. Em mais um dia de neblina e sombras, perdi a noção de tempo, de lugar, de quem eu era e em que estado me encontrava. Agora, minha consciência dava lugar à demência e ao vazio absoluto.

Onde eu estava só se ouvia lamúria, choro e sofrimento. O ar estava denso e o ambiente, gélido e pesado, o que me lembrava vagamente do último local em que vivi.

Minha cabeça pesava. Sequer conseguia permanecer sentado. O peso dos erros, das dores e de toda a desgraça que cometi era insuportável, assim como o som das sirenes estridentes que ecoavam naquele lugar.

Aquele barulho intermitente entrava em minha cabeça como uma bomba que armava e explodia, armava e explodia, armava e explodia... uma espécie de *looping* que me torturava!

Incapaz de suportar tamanho sofrimento mental, como um lapso de consciência, murmurei ao Divino algo próximo de um pedido por ajuda e me senti transportado para outro lugar. Finalmente, aquele som irritante e penitente das sirenes cessou.

Tinha a sensação de que estivera morto por muitas décadas naquele primeiro local. *Mas como morrer se já estava morto?*

Naquele momento, despertei em um lugar diferente e lentamente abri os olhos. Eu estava dentro de um tipo de cela ou campo de concentração. O novo ambiente era tão frio quanto o anterior, e a escuridão era tão intensa que me sentia em uma grande sepultura. Ali também havia outros seres, alguns acorrentados e outros totalmente sedados, assim como eu estivera até aquele momento.

Seres com semblantes bestiais pareciam ser as sentinelas que guardavam aquele local tétrico. O que mais me intrigava, todavia, é que todos, sem exceção, pareciam me conhecer intimamente. Pareciam verdadeiros cobradores de tudo aquilo que eu havia feito enquanto estava vivo, e o medo tomou conta de todo o meu corpo. Mas, de alguma forma, eu sabia que devia seguir em frente, recompor-me e compreender tudo o que ocorria.

Quando consegui me restabelecer por completo, me aproximei de uma pessoa com quem, de alguma forma, me identifiquei. Assim que ele me encarou, senti o mais profundo vazio, e a sensação de morte voltou à tona. Ainda que eu soubesse que já estava morto, tentei pedir ajuda e perguntar onde estava, mas aquele ser de olhar oculto, mas profundo, somente disse:

— Você deveria reconhecer este lugar melhor do que ninguém. Você está no vazio!

— Você está preso em espírito — continuou o ser. — Pior que isso, você está aprisionado à sua maior inimiga, meu amigo: sua consciência! Ela vai escravizá-lo eternamente. Agora, você faz parte deste lugar.

E sumiu em um piscar de olhos.

Suas palavras caíram em minha cabeça como pedras gigantes, pesadas. Novamente, meu corpo apagou.

Depois de um bom tempo, fui acordado pela sentinela de face bestial que guardava minha cela. Sem cerimônia e de forma humilhante, ela me arrastou pelas correntes até um local escuro e úmido, muito parecido com os pântanos que existem na Terra.

Mentalmente, o guarda se comunicou comigo:

— Seu moribundo infeliz! Beba desta água podre ou, mais tarde, será jogado como alimento aos animais.

Sem escolha, sorvi aquele líquido espesso que, de alguma forma, parecia saciar minha fome ao mesmo tempo que roubava minha energia. Mesmo com a mente em estado vegetativo, percebi que, naquele local, o pouco que ganhava era severamente cobrado por aqueles que o guardavam.

Voltei para minha cela.

Aquela foi minha rotina por tanto tempo que, ainda hoje, não consigo mensurar a duração. Alguns dias, conseguia identificar, misturado à multidão, aquele homem que me arrebatou com o olhar. Quando percebiam minha movimentação, os guardas me chamavam às grades, e aquele homem sumia mais uma vez de minha vista.

— Você, moribundo! Venha até aqui!

Após um longo tempo de sofrimento e escravidão, a sentinela da prisão me comunicou que eu havia sido convocado para uma audiência com o líder deles.

A caminho de minha suposta soltura, eu continuava sendo arrastado por correntes e tratado como um moribundo. Fui levado até um local que se assemelhava a um palácio, com muito ouro, fartura e sexo em suas formas mais profanas. Não conseguia pensar em nada, pois não sabia o que me aguardava.

Naquele local, fui recepcionado por uma voz aguda e estridente, que, sem cerimônia, interrogou:

— Quem você pensa que é para cogitar um pedido de ajuda usando sua mente, quando o que merecia era um estado de inconsciência total? Achou que eu não saberia, seu insolente? Você realmente acredita que a luz chega até aqui? Em meus domínios, ninguém é capaz de emanar luz por meio da mente, apenas dor e lamentação. Apenas trevas!

Sem pausa, continuou:

— Vou acreditar que tudo isso foi apenas um devaneio! Como você tem sido um prisioneiro obediente, vou recomendá-lo para que sirva às esferas superiores de nosso reino. Nossa liderança poderá qualificá-lo e utilizá-lo para algumas missões que estão sendo planejadas.

Quando achei que a voz havia cessado, finalmente, ela retornou:

— Ah, quase me esqueci! Falando em mente, meu caro, você logo se lembrará de suas habilidades mais mordazes e profundas. Use-as com sabedoria e conquiste o respeito do chefe maior de nosso reino.

Saí daquele lugar com muito medo e diversas dúvidas.

Já era difícil me lembrar de quem eu fui... Como poderia me lembrar das habilidades mais sórdidas que tive em vidas passadas? E quem era aquele homem, de olhar tão profundo, que me fitava dentro da cela? Mesmo que eu nunca o tenha visto antes, ele parecia me conhecer tão bem...

Lembra quando comentei que o local se assemelhava a um campo de concentração? Pois bem, fui novamente levado até lá.

Ao passar pelo corredor, o homem do qual havia tentado me aproximar não estava mais lá, mas, quando pensei em perguntar sobre ele, a besta logo respondeu:

— Aquele homem era um guardião infiltrado e, assim que levamos você daqui, ele sumiu como mágica. Mas ele que ouse recolocar os pés aqui! Rá, rá, rá!

Mesmo depois que a sentinela disse aquilo, continuei com muitas dúvidas sobre tudo. Então, tomei coragem e resolvi questioná-lo:

— O que ele queria comigo? Por que esses homens vêm às baixas esferas do umbral?

A sentinela, intrigada, não soube como fugir do questionamento e, tentando seduzir-me com as palavras, respondeu:

— Dizem que há salvação para qualquer um que puder, verdadeiramente, se arrepender de todo o mal e que, dentro desta esfera umbralina, existe um tipo de julgamento. Muitos pagam sua pena com uma reencarnação miserável. Assim, entendem a vida de outra perspectiva e sobem a escada da evolução.

A besta prosseguiu:

— Uma vez, o representante deles me procurou com essa conversa fiada, mas o meu lugar, e o seu lugar, é e sempre será aqui. Olhe para mim! Se for valoroso, um dia poderá chegar ao meu patamar. Eu tenho e faço o que bem entendo. Agora, nunca mais me pergunte sobre isso!

Andando pelo corredor, percebi que passávamos do local onde eu deveria permanecer e paramos em um lugar diferente, chamado por todos de câmara de treinamento. Era ali que eu ficaria.

Naquele espaço, havia uma estrutura tecnológica que eu jamais vira enquanto encarnado, com aparelhos modernos e trabalhadores que se assemelhavam aos médicos e cientistas da Terra. Ali, o tratamento comigo também era diferente: recebia o mesmo lodo que bebi antes, mas, junto, punhados de larvas e outros animais peçonhentos como forma de alimento.

Não usávamos mais as correntes, mas nosso corpo era mantido deitado em macas. Na altura da cabeça, havia uma espécie de aparelho que irradiava luzes negras e prateadas.

Sim, nosso treinamento não era físico, mas mental. Estavam ativando e aflorando todas as nossas habilidades, invertendo polos de energia e muitas outras coisas que ainda não sou autorizado a mencionar, mas explicarei mais à frente.

LUCIFER

A ESTRADA DA EVOLUÇÃO

QUEM SOU EU?

Quem sou eu? É interessante essa pergunta, não é? Falar sobre quem eu sou, estando do lado de cá, é algo complexo. É complicado explicar, absorver e entender, pois "eu" fui vários e várias, com formas, cores, culturas e crenças diversas. Fui amado, amante, jogador, jogado, mestre, mago, de variados polos.

Todavia, vamos nos ater às mais importantes veredas que o Grande Criador, o Grande Arquiteto do Universo, me reservou.

Durante meu treinamento no baixo mundo, fui levado em jornadas bastante deploráveis e vi de tudo um pouco. Mas, com o passar do tempo, devido à prática e à repetição, tudo acabou se tornando incrivelmente prazeroso.

Sim, depois de tanta tortura, a dor se transformou em prazer e, infelizmente, acabei me tornando um deles — uma máquina de guerra, uma máquina fria e precisa. Após um longo período de escravidão e treinamento, tornei-me o melhor dentre os 777 que foram testados para uma misteriosa jornada que estava por vir.

Eu me perguntava de onde vinham tamanhas destreza e facilidade em realizar tudo o que era ordenado a mim. A resposta que obtive foi a de que meu treinamento começara em minha última encarnação e, por isso, eles só precisaram despertar minhas habilidades.

Em seguida, fui levado para meu teste final. Pouco havia sido revelado por aqueles com quem convivi naquele período. Eles só me disseram que, no desenrolar de meu teste, tudo faria sentido.

Em minha última vida, nasci em uma família de classe média. Apesar de eu sempre ter sido um jovem muito frio e reservado, dentro de casa era tratado com muito amor e carinho. Eu e meu pai éramos bem próximos, e eu tinha a sensação de que ele me conhecia melhor do que eu mesmo, pois sempre se dedicou bastante para demonstrar afeto. Nossa família não era abastada, mas tínhamos o necessário para viver. Graças ao trabalho árduo de meu pai, um valoroso operário, conseguíamos nosso sustento. Nunca faltou pão à nossa mesa.

Mais maduro, saí de casa para traçar meu futuro. Por ter nascido em uma família simples, desejava coisas maiores para minha vida: ambicionava o poder. Queria escrever, de alguma forma, meu nome na História. Logo, fui estudar psicologia — uma arte que jamais poderia ser chamada de profissão. Entender a mente humana é ter o poder nas mãos, dominar aquele conhecimento valia muito mais que trabalhar para o ganho do vil metal. Aqueles eram os meus maiores talentos, qualidades que eu tinha de berço: a discrição, os bons ouvidos e a frieza.

Assim que concluí meus estudos, o local onde eu vivia atravessava um momento de tormenta. Meu país travava uma guerra sem sentido, e eu, talentoso e recém-formado, tive meu primeiro emprego na Cruz Vermelha das Forças Armadas. Trabalhando com os soldados, fazia com que não perdessem o foco no principal objetivo daquela que seria uma das mais sangrentas batalhas já vistas no planeta.

Era de manhã e fazia muito frio. A maioria de nós sobrevivia com o básico concedido para aquela época de tamanha escassez. Como sempre, o caixeiro trazia as ordens do dia, e foi quando recebi a grande notícia: a primeira bomba que caiu em mim não era de metal e pólvora, mas de papel e tinta.

— Doutor, o senhor foi transferido. Apresente-se, urgentemente, em nosso Centro Médico Integrado. Lá será o seu novo posto de serviço.

O grande líder da tropa, cujo nome não precisa ser mencionado, tinha elaborado um plano muito cruel para realizar experiências em seus prisioneiros de guerra. Ele acreditava que, por meio da Ciência e da Medicina, conseguiríamos purificar e transformar a Terra no "novo mundo" que almejava conquistar. Eu sabia que, ao aceitar aquilo, renegaria tudo o que aprendi como sagrado e todos os valores ensinados por meu querido pai. Porém, naquele momento, eu tinha a chance de ser grande. Eu finalmente alcançaria o poder que tanto sonhava.

Meus serviços nos campos de batalha já eram desnecessários, e meus irmãos de armas seguiriam para o lado oposto ao meu. Meu novo posto de combate era confortável, e meus inimigos não demonstraram resistência; ali tínhamos muros grossos, ferramentas de precisão, alimento farto e a mão de ferro que fazia com que todos temessem nossa força e soberania.

Sim, minhas melhores habilidades não se mostravam no combate homem a homem. Minha cabeça, minha mente, era a minha principal arma.

Durante os primeiros meses naquele local, passei por algo que, hoje em dia, seria chamado de integração. Ali, conheci os agraciados pela "dádiva" de serem transformados em verdadeiros "puro-sangue", limpos de qualquer resquício de sua vida anterior.

De nada adiantaria, porém, mudar o físico se não mudássemos o interior dos indivíduos. Era aí, meus amigos, que eu entrava — eu era mais fatal que qualquer máquina.

Meu trabalho consistia, dia após dia, em adormecer aquelas mentes por meio de hipnose, estímulos e outras técnicas que, se ditas aqui, seriam sugestivas a um propósito diferente do que relato nestas poucas, mas oportunas, linhas.

A missão era transformá-los em uma nova nação: pura, forte e que entendesse as regras do "novo mundo", que seria conquistado, redescoberto e recriado. Eu, finalmente, havia encontrado a tela em branco para desenhar minha primeira obra-prima.

Contudo, foram tantos anos confinado naquele local que, mesmo sem sofrer as mesmas privações dos demais, passei a me sentir como nossas cobaias.

Não mais separava a realidade das sugestões que dava àquelas pessoas. De tempos em tempos, elas definhavam, envelheciam e morriam. Mais de 35 mil mentes não suportaram os experimentos de transformação que comecei e multipliquei naqueles campos de concentração.

Mas nem todos eram exilados. Muitos eram identificados como puros-sangues em potencial, e era nessas pessoas que concentrávamos nossos estudos para desenvolver a força do novo mundo.

Depois de toda aquela experiência no hospital, tornei-me convicto de que aquele método era a única salvação para os poucos que sobreviveram. Independentemente do resultado, estariam a salvo — e puros.

Embora tivesse a certeza de que o que eu fazia era a verdade absoluta, sofri com a solidão e, anos depois, caí em depressão. O acesso a medicamentos pesados era fácil, já que minha patente me permitia o uso irrestrito. Mesmo me valendo daquele artifício para encurtar a vida, eu era covarde e não tinha coragem suficiente para tirar o pouco que o Grande Arquiteto do Universo havia me dado.

Eu era um homem frio e preocupado apenas com o poder, por isso me tornei sozinho. O único calor de um amor verdadeiro que recebi foi o de minha família, em especial o de meu pai. Meu conforto eram minhas conquistas: ser reconhecido como um psicólogo experiente e influente, um militar graduado, cujas ordens vinham diretamente do grande líder de minha nação, de mais ninguém.

Minha pequena família morava na fronteira do país e, após um ataque inimigo, infelizmente, o pouco que eu tinha converteu-se em nada, e ao nada eu, finalmente, me entreguei.

Logo depois de receber a notícia de que bombas tinham caído nas terras de minha família, precisei fugir do hospital, pois nossa derrota era iminente. As tropas inimigas haviam invadido a região na qual eu ficava, e de nada adiantaria permanecer em meio a um amontoado de cadáveres.

Enquanto fugia do hospital, nevava fortemente, e eu carregava apenas uma mochila com mantimentos que me deixariam vivo, com sorte, por pouco tempo. Mesmo assim, me lancei naquela pequena jornada.

Assim que passei pela porta do hospital, senti que algo muito maior estava por vir, mas não sabia o que era. Então, ignorei a intuição e continuei a caminhar.

A REFLEXÃO

Quando saí do hospital, fugindo dos inimigos, não havia portas ou caminhos abertos — afinal, eu era um militar em campo hostil. Ao meu redor, só havia neve, apenas a densidão do branco cristalizando meus olhos, meus pés, meus dedos. Tinha a sensação de que estava sendo congelado de dentro para fora, desde o espírito até o corpo.

Andava sem rumo e sem o que comer quando fui surpreendido por um forte vento que, quando me dei conta, se transformou em uma tempestade em espiral. De tão forte, me deixou desacordado por um longo período.

Caído na neve, sentia meu corpo adormecido, mas, ao abrir os olhos, levantei e, em uma espécie de desdobramento, me vi dentro de uma espiral gelada. À minha frente, surgiu um tipo de mulher que girava nos dois sentidos — horário e anti-

-horário —, até que, como se uma porta pressurizada tivesse sido aberta, voltei ao meu corpo.

Algum tempo se passou e, novamente, acordei envolto no branco. Meus olhos doíam e estavam embaçados. Não conseguia discernir onde estava, até que percebi algo muito alvo me envolvendo, mas dessa vez estava quente, macio e confortável.

Naquele momento, senti paz e segurança para adormecer mais uma vez. Havia muito tempo que eu não sabia o que era ter um sono confortável ou pensar em absolutamente nada. Ao ser acordado, fisicamente mais forte e totalmente consciente, estava defronte à imagem de uma cruz.

— Senhor, foi encontrado quase morto e trazido ao mosteiro. Quando vimos a cruz vermelha em seu braço, decidimos trazê-lo para tentar salvá-lo. Independentemente das razões dessa guerra, salvou vidas, então considere-se salvo pela cruz que carregou em seu braço e pela cruz que está à sua frente — disse o sacerdote.

Naquele momento, senti-me tão culpado que parecia ter congelado novamente, pois não sabia o que responder ao homem. Então, apenas acenei com a cabeça em sinal de agradecimento e saí para meditar sobre todos os acontecimentos dos últimos tempos.

Como aquele homem podia ter me salvado? Como aquela cruz me salvou, se eu fui o responsável por destruir milhares de mentes? Ao ir para a guerra e aceitar minha missão, eu sabia que renegava a Deus e a tudo o que poderia existir de bom. Meu procedimento foi replicado em vários hospitais. Dizimamos a mente de tantos homens, mulheres, crianças... Por que eu mereceria aquelas palavras? Por que eu deveria receber uma segunda chance na vida? Eu deveria ter sido deixado congelando na neve!

Caí em prantos e em oração. Pedia que, finalmente, fosse levado a pagar o que acreditava dever. Não sabia quem era o credor, mas tinha certeza do alto preço pelos atos que havia cometido.

Fui até o altar onde ficavam a cruz e o sacerdote e, com a voz embargada, questionei o porquê de terem me salvado. *Será que não sabiam da existência de um hospital naquela região que realizava experiências usando os procedimentos mais profanos e espúrios possíveis? O que esperar de um homem como eu, que tinha feito tudo o que fiz? Como ser salvo por alguém tão santo?*

O sacerdote, com a mesma calma e amor demonstrados anteriormente, pediu que eu me ajoelhasse perante a cruz e pedisse perdão.

Antes de sair, o sacerdote disse:

— Meu filho, para nós, nada disso importa. O julgamento maior ainda está por vir, e você precisará ser muito forte, pois a sua batalha entre a luz e as trevas será eterna. No entanto, ofereço a você o perdão do Pai, a luz e a cruz que você carregará por toda a eternidade. Do branco você veio e ao branco será levado para a sua purificação e redenção.

Parecendo ler meus pensamentos, prosseguiu:

— Eu nada sou. Sou apenas um mensageiro que não julga, que somente repassa as palavras vindas do Pai.

As doces palavras do sacerdote ecoavam em minha cabeça tão fortemente que, mais uma vez, a culpa e a depressão tomaram conta de meu corpo. Foi quando, para o meu alívio e para o sofrimento dos demais, o mosteiro sofreu um ataque poderoso. Quase que instantaneamente pude ver clarões brancos descendo do céu — pareciam seres angelicais que vinham levar os homens do mosteiro. Eu tentava gritar para ser visto, me mover para ser notado, mas nada adiantava, pois já sentia que estava preso às correntes de minha sentença. Respirei fundo e me entreguei. Agora, eu finalmente morria para o mundo dos vivos.

Morri sozinho. Além da solidão, carregava o poder que conquistei, cheio de culpa e arrependimentos. *Seria possível arrumar toda a bagunça que causei?*

Por um breve momento de hesitação, imaginei ter recebido o perdão de Deus, mas me enganara, como sempre. Ao abrir os olhos, me deparei com um homem e sem delongas, perguntei:

— Onde estou?

O homem, prontamente, respondeu:

— Seja bem-vindo, doutor! Você voltou para casa.

Ainda sem entender, perguntei por meus pais, alguns poucos amigos e o que havia ocorrido após os ataques.

— Isso não cabe a você saber. Será levado daqui, pois este local é frequentado por todo tipo de gente. Muita coisa mudou depois de sua última partida. Essa zona da crosta possui muitos guardiões que, aparentemente, são semelhantes a nós, enganando-nos, mas, quando tiram suas vestes escuras, tentam nos fazer debandar.

Depois de uma pequena pausa, prosseguiu:

— Ouvi dizer que eles respondem a um grande cavaleiro de capa azul. Nenhum de nós conseguiu chegar perto dele, e o mais próximo de uma informação que tivemos foi quando um de seus líderes tentou aplicar um golpe de conversão a fim de mudar nossa polaridade para que trabalhássemos na luz.

Naquele momento, eu realmente pensava estar ao lado de amigos e saí de minha zona mental defensiva. Foi quando voltei a ouvir a gargalhada do homem que me acompanhava; a cada respiração, ela se tornava mais alta, mais diabólica e mais forte — meus ouvidos doíam muito. Então, em minha cabeça, passou um pequeno filme de todo o ocorrido: minha vida simples com a família, a ida à faculdade, o interior do hospital, os milhares de rostos, os gritos, as torturas... até que não resisti mais àquelas cenas e à dor, me entreguei e caí.

Quando acordei, percebi que havia me tornado o mesmo produto do que eu infligia aos outros: eu era um escravo do baixo mundo, um escravo das trevas.

Das trevas terrenas tinha vindo e a ela retornaria para minha preparação e meu treinamento. Enfim, tinha descoberto quem eu era, e minhas habilidades tinham novamente ascendido.

Durante aquele período de observação e testes, transitei por vários mundos, mas foi na Terra que pude perceber os melhores resultados dos trabalhos psíquico-obsessivos que eu aplicava aos humanos encarnados. Se eles tivessem a mínima noção do que se passa do lado de cá, sua percepção de amor, fé e religiosidade seria bem diferente.

Voltando ao meu momento de aprendizado, enquanto estive na Terra como espírito negativado, acompanhei vários tipos de missões e vivências. Entre elas, vou contar três passagens distintas sobre três influentes companheiros — assim os considerava naquele momento —, aos quais servi no mundo espiritual: Malak, Hur e Hammel. Eles são alguns dos mais poderosos chefes do inferno e do céu, como muitos chamam.

Como mencionei anteriormente, o baixo mundo possui uma estrutura militar inteligente. Somente com muito trabalho e esforço o lado da luz prospera em seus avanços, e os mistérios de Deus são revelados, para que os humanos do Planeta Azul tenham ferramentas e conhecimento suficientes para não serem levados e influenciados pelas energias suscetíveis aos prazeres que o inimigo propõe.

Como diz um amigo que se identifica como Caboclo Flecha-Certeira: "Um olho aberto e outro mais ainda! A guerra entre a luz e as trevas será eterna enquanto não houver revolução positiva na vida do ser".

MALAK

Um dos maiores e mais perversos cavaleiros apocalípticos, Malak é dono das baixas esferas do mundo espiritual e um dos responsáveis por cuidar dos espíritos de mente degenerada. Esse espírito defere ordens aos seus soldados para que ataquem de forma brutal e estratégica suas presas. Sua especialidade é o ataque ostensivo nos chacras básico, frontal e cardíaco, vampirizando, enfraquecendo e negativando o indivíduo por meio de abalos emocionais e vícios diversos.

Trabalhando com ele, aprendi muito sobre o que são o amor e a vida próspera, e o sentido que geram na vida de um ser encarnado. Em uma rara oportunidade de conversa, ele me disse: "Para saber combater, conheça bem o seu inimigo".

Em complemento, posso dizer: "Tudo na vida gira em torno do amor e da prosperidade: em abundância ou em escassez, elas fazem com que vocês, encarnados, se virem do avesso em busca do nada que têm ou de ainda mais do que já conquistaram". Infelizmente, por viverem em um mundo de provações e constante evolução, a satisfação nunca é total. É nesse ponto que os negativados entram e tomam o controle do leme da vida de vocês.

Voltando à história.

Depois de um longo período de treinamento no baixo mundo, fui designado para realizar uma missão contra uma jovem moça que, aparentemente, não tinha qualquer anormalidade. Dois experientes soldados me acompanharam nesse trabalho.

Ana, uma bela e jovem mulher de cabelos negros, vivia em uma família tradicional, sem grandes eventos ou traumas. Sua vida era, de certa forma, um tanto quanto parada, levando em consideração tudo o que vira até aquele momento. A moça se relacionava pouco com os homens e, em sua vida profissional, era pouco notada.

Por tudo que percebi, em dado momento, indaguei a um dos soldados:

— Tem certeza de que estamos no local certo? Essa mulher se abstém de quase tudo na vida; não tem pretensões amorosas e prefere não ser notada em seu trabalho, em vez de ambicionar escadas maiores para ser bem-sucedida. Afinal, o que viram nela?

Um dos soldados respondeu:

— É claro que temos certeza! Malak nunca erra, e logo ela sentirá nossa presença.

Deferidas essas palavras, poucas semanas depois, Ana começou a sentir os primeiros sintomas de nossa presença: dormia muito mal e sempre se sentia muito pesada, mas não sabia a origem ou o porquê.

Em paralelo, o outro soldado que nos acompanhava fazia um trabalho obsessivo-ostensivo na cama da moça e embaixo dela, no chão, usando simbologias da baixa magia. Algumas eu reconhecia de uma de minhas encarnações anteriores, mas não sabia ao certo de qual.

Em suas poucas noites de sono, quando mal dormia, Ana sonhava com um belo homem, forte e sereno, que vinha em sua direção, cantando e recitando poemas com os quais ela se deleitava. Finalmente, o trabalho começava a surtir efeito, a isca tinha sido fisgada: a moça tinha tudo o que desejava sem precisar sair do conforto de sua cama.

A cada noite que dormia, ela se entregava ainda mais e, quando acordava, tinha um enorme cansaço misturado a uma sensação de satisfação e prazer físico.

Foi assim por um longo período. Ela não saía mais de casa e, com o tempo, perdeu os poucos amigos que restavam, o emprego e, por fim, a vontade de viver nesta terra. Seu desejo era morrer para encontrar-se com o amado, que todas as noites a visitava em sonho. Afinal, era aquele o seu momento de puro êxtase, quando se sentia completa e amada.

Preocupada com a situação, sua mãe decidiu interferir e confrontou a filha.

— Ana, você está se entregando e só você não percebeu! Olhe-se no espelho e veja seu rosto, sinta seu cheiro. Não sente que tem um odor podre ao seu redor que se espalha por toda a nossa casa? Todos os seus amigos sentem a sua falta. Todos ligam perguntando sobre você, e eu não sei mais o que responder a eles!

A mãe de Ana, dona Izilda — uma senhora morena, de semblante firme —, era devota do espiritualismo. Seu espírito carregava as marcas de diversos mistérios e muita força. Além de muita fé, Izilda tinha uma sensibilidade incrível.

Em meio ao embate, Ana saiu do quarto nervosa e se trancou no banheiro. Neste exato momento, a mãe entrou no quarto da filha com um turíbulo e uma vela branca, entoando um canto de simples entendimento, mas de uma força surreal. Com uma das mãos, balançava o turíbulo, de onde saía uma fumaça branca e forte; com a outra, segurava uma vela acesa, que formava enormes símbolos de fogo no ar. Poucos minutos depois, ao seu lado, apresentou-se um homem de cor parda, semblante firme e um cocar na cabeça — parecia um xamã.

Naquele instante, todo o quebranto que envolvia o ambiente se dissipou, e os dois soldados que me acompanhavam sumiram como pó. Quando percebi, era o único que restava naquele lugar. Comecei a gritar e a tentar me mexer, fugir, mas era inútil. Até tentei me transfigurar em uma forma demonizada, mas a mulher não se assustava, nada tirava sua concentração, abatia sua fé ou sua determinação.

Com leveza nas palavras, ela disse:

— Do branco você veio e ao branco retornará.

Olhei novamente em direção à mulher e ao indígena, mas, agora, enxergava a imagem do sacerdote que me socorreu em outras terras. *Como isso seria possível?*

Pouco tempo depois, Ana voltou para o quarto e começou a gritar e a ofender a mãe, que deixou o turíbulo cair no chão, pois perdera a concentração e o domínio da situação. Assim, meus companheiros conseguiram retomar a guarda do local para que eu pudesse seguir com o meu trabalho e com a nossa missão.

Quando Ana fez aquilo, eu finalmente consegui me concentrar e me conectei à sua mente. Naquele momento, éramos um — minha mente era a mente dela; o que eu pensava, ela fazia; e o que sugeria, ela desejava. Aquela sensação era fascinante e inenarrável. O poder tinha voltado às minhas mãos e eu, novamente, podia usar a minha capacidade de domínio mental sobre a vítima.

Quando o clima se acalmou, a garota dormiu e os soldados me avisaram que, dali em diante, eu seguiria sozinho com meu trabalho. Minha missão seria torná-la bastante confiante, a fim de que destruísse a mãe. Antes de sair, um dos soldados me disse:

— Esse espírito é um grande tributo a Malak. Ele tenta aprisioná-lo há centenas de anos, mas sempre encontram uma maneira de ela reencarnar ao lado dessa feiticeira branca e dos outros que sustentam suas forças. Tome cuidado com ela e com o indígena que apareceu!

Eu estava tão confiante, me sentindo tão pronto para voltar ao trabalho, que não dei a devida importância àquela informação. Queria iniciar minhas novas experiências logo.

Naquela mesma noite, apareci em sonho como o belo poeta com quem Ana queria viver para sempre. Ela me perguntou se poderia ficar ali por toda a eternidade. Contornei levemente a situação e disse que, em pouco tempo, ela sentiria na carne tudo o que sentiu em sonho, que, a partir daquela noite, ela não mais sonharia com poesia, mas a viveria em sua matéria, dia após dia.

Horas depois, Ana acordou, se levantou e foi tomar banho; ela não mais se sentia consumida, tampouco cansada. Era uma nova pessoa. Enquanto se arrumava para sair, sua mãe questionou:

— Aninha, o que houve com você, minha filha? Seu olhar está distante. Quer que eu prepare um banho de ervas para você?

Ana se irritou, pois finalmente estava se sentindo melhor, e asperamente retrucou:

— A senhora está louca! Não é possível que seja incapaz de perceber o quanto me sinto bem. Sinto-me plena!

A mãe ficou novamente arrasada por ver-se sem saída.

A fim de não perder o espetáculo, fiquei o dia todo com a mulher e, para o meu azar — ou sorte, nos dias de hoje —, recebi uma grande lição.

A feiticeira branca foi até o quarto dela, pegou alguns fios de contas — suas guias —, um ramo de ervas, um maço de velas e começou o trabalho.

— Saravá aos orixás do dia! Patacori,* meu pai Ogum! Traga sua cavalaria! Traga seus falangeiros para levar todo o mal de minha casa! Salve minha filha, meu pai Ogum! Aninha está com a mente perdida, e eu sei que tem magia braba em cima dela!

Ela rezava de uma forma diferente. Como eu ainda tinha muitos resquícios de minha última encarnação na Europa, não conseguia entender aquela reza cantada que a mulher entoava.

Em poucos instantes, assim que terminou de acender a última vela, vi dois clarões de luz, um cavaleiro e o indígena que já havia visitado a casa anteriormente.

Dona Izilda, a mãe de Ana, começou a chorar e, de joelhos, agradeceu:

— Saravá, povo de Aruanda! Vocês chegaram!

Naquele momento, as luzes ficaram mais fracas e consegui me colocar na frente dos dois.

— Quem são vocês? — perguntei. — O que pensam que vão fazer aqui?

O clarão reacendeu e, quando voltou a diminuir, o indígena falou:

— Filho perdido, nós somos os enviados do Pai Maior e, em nome Dele e dos Orixás Maiores, atendemos ao pedido

* Segundo o *Dicionário Yorubá-Português*, de José Beniste (Bertrand Brasil, 2019), "pàtàkòrí" significa "pessoa importante". É a principal saudação ao orixá Ogum. [NE]

dessa mãe. Viemos retirar todo o mal colocado por você e pelos que lhe mandam nesta casa. Nossa missão não é apenas com ela, filho perdido, mas com você também: queremos, novamente, trazê-lo à sua verdadeira casa, sua verdadeira origem, e cabe a você escolher. Agora, desfaça tudo o que fez e conecte seu mental ao nosso para que um dos guardiões venha buscá-lo.

Assim que terminou, a luz se dissipou, e eu ri da situação, pois sentia que minha força e minha destreza cresciam a cada minuto. Eu ia trabalhar com mais afinco ainda para atender às ordens e aos desejos de Malak.

Depois da chegada dos espíritos, dona Izilda se sentia melhor, mas, devido à minha investida anterior, sua sensibilidade estava comprometida, dando-me certa vantagem para continuar ali sem ser percebido.

As horas se passaram e Ana voltou para casa com raiva, revoltada.

— Mãe, voltei ao escritório e tentei conversar para reaver meu emprego, mas ninguém entendeu o que eu estava passando. Aqueles monstros só me criticaram, ninguém deu atenção ao que eu estava sentindo. Era isso o que você queria? É isso o que pede nessas suas macumbas? Todos vocês deveriam ir para o inferno, sentir na carne o que eu vivo todos esses anos com você e esses que você chama nas rezas!

Era incrível como minha Ana estava aprendendo rápido que o melhor era se afastar daquelas pessoas, principalmente de sua mãe e da fé que ela seguia. Eu, naquele momento, sequer interferi, apenas observei. Se eu pudesse, até aplaudiria...

Enquanto se deitava para dormir, a moça chorava, mas, no outro quarto, dona Izilda continuava firme como uma pedreira. Ela não desistia e, mais uma vez, se colocava em meditação e oração. Como não queria ser visto pelo cavaleiro e pelo indígena, saí da casa rumo ao reino de Malak.

No caminho para os portões da fortaleza, fui abordado por um homem com uma longa capa negra.

— Rá, rá, rá! Salve, trabalhador da mente! Falaram para eu buscar você.

— Quem é você? — perguntei.

— Quem sou eu? Rá, rá, rá! Destruíram sua mente tanto assim? Não reconhece meu olhar? Eu não vou perder meu tempo refrescando sua memória agora. Considere-me apenas como um guia turístico; vou levá-lo para conhecer um lugar. Fique tranquilo, ninguém dará por sua falta.

Reconhecia aquele olhar profundo, sabia quem era, mas teimava em não acreditar.

Como a vibração dele se assemelhava à minha, decidi deixar que me mostrasse o que queria; afinal, eu tinha bastante tempo e muitos avanços concretizados até então.

Após uma longa caminhada, percebi que estávamos de volta à Terra, e minha fúria aparente denunciou o que pretendia dizer.

— Aonde está me levando?

— Rá, rá, rá! Está na hora de você visitar um velho conhecido! Este lugar é muito parecido com aquele na Europa onde você passou a maior parte de seu tempo. Não reconheceu o ambiente, as paredes, os pacientes?

E continuou:

— Algumas noites, eu venho aqui visitar velhos amigos encarnados e chutar o rabo de alguns invasores que vêm atrapalhar o serviço de guarda que meus irmãos fazem.

Quando reconheci onde estávamos, mais uma vez tive aquela sensação de morte, culpa, remorso... uma mistura de sentimentos... todos ao mesmo tempo. O homem ao meu lado parecia se deliciar com tudo o que via, e ria sem parar.

— Rá, rá, rá! O que foi? Você nem passou pelos portões e já está arrependido de ter me acompanhado? Nem comecei meu trabalho e você já quer mudar de lado? Para o meu lado? Negativo, doutor, ainda não! Até que voltemos aos portões onde o busquei, não pensará ou falará, apenas observará tudo. Veja todo o dano que causou.

O local no qual entrávamos era uma clínica de recuperação de pessoas com deficiências mentais e psicológicas. Muitos apresentavam a patologia desde o nascimento, enquanto outros a desenvolveram ao longo da vida. Alguns apresentavam também sintomas parecidos com os de Ana e dona Izilda, a tal "sensibilidade", mais conhecida como mediunidade, que ali era tratada como uma doença crônica e incurável.

Após algum tempo no local, chegamos à ala das crianças. Ali, a cada leito pelo qual passávamos, sentia que era engolido pelo olhar de todos — eram olhares de cobrança que denunciavam o motivo pelo qual eu fora trazido. Chegando ao último leito, o guardião me colocou de frente para um jovem menino que aparentava ter, no máximo, uns 7 anos. Mas seu espírito era muito vivido, ele havia sido colocado naquela situação por um problema ocorrido em sua última encarnação. Pelo pouco tempo em que ficamos próximos a ele, senti um incômodo enorme, pois ele parecia me conhecer intimamente.

— Rá, rá, rá! E este aqui, doutor? Também não reconhece? No campo de concentração, foram tantos que você sequer se lembra dos mais próximos a você, não é verdade? Um dia, trarei você de volta, mas saiba que isso tudo é consequência do trabalho que você fez em sua "maravilhosa" vida passada! Será que, um dia, este aqui volta da demência? A destruição que você causou na mente desse menino vai demorar muitas reencarnações para se regenerar totalmente. E saiba: se algum dia você mudar de ideia e de lado, este será um dos primeiros lugares aonde vou trazê-lo. Agora, vamos embora!

Nossa viagem de volta se deu em um silêncio estarrecedor. Eu tentava me lembrar de quem era aquele menino, de quem era o "guia turístico" e, ao mesmo tempo, me concentrar na missão que havia recebido. A confusão era tanta que, quando chegamos aos portões, eu não conseguia encará-lo.

— Doutor, espero que tenha entendido tudo durante nosso pequeno passeio. Pense um pouco sobre tudo o que viu, sobre tudo o que fez enquanto era vivo e sobre o que anda fazendo agora, depois de morto. Não sou eu quem mostrará o caminho; esse é um problema seu e de sua evolução. A escolha cabe a você. Rá, rá, rá!

— Quem é você, afinal? — questionei.

— Eu? Eu sou um guardião, mas, como estou em serviço, pode me chamar de senhor Capa Preta!

Ao passar pelos portões do reino de Malak, entrei diferente de como havia saído. Estava orgulhoso pelos avanços com Ana, mas também curioso sobre o que fazia aquele que se autointitulava guardião Capa Preta. Sentia-me dividido entre os dois lados: se com Malak teria poder, do outro lado receberia algumas respostas, ainda que precisasse pagar minhas dívidas.

Quando cheguei ao salão principal, fui anunciado por uma sentinela:

— O doutor está aqui.

— Meu senhor, venho trazer novidades sobre o trabalho que estou realizando.

— Como está meu tributo? — Malak perguntou.

— Ana? — confirmei. — Desde que me instalei na casa dela, consegui alguns avanços, mas fui abandonado pelos soldados que designou para que me escoltassem na campanha. Covardes, me deixaram na mão! Fui, duas vezes, surpreendido por guerreiros de grande força. Um deles intimidou-me, pois afirmou me conhecer e queria me convencer a mudar de lado.

— E o que você fez, doutor? Mudou de lado?

—É claro que não, senhor Malak. Vim apenas para dizer que, mesmo com a fé arrebatadora da mãe, fiz Ana se voltar contra ela, duvidando de suas forças e divindades, trazendo a ela descrença na fé, no amor e na prosperidade, uma vez que o vício que alimentou por seu falso amante fez com que ela perdesse o emprego.

— Viram? Quando eu disse que o doutor era uma pedra bruta, estava correto! Bastou uma frase minha para que ele absorvesse tudo e colocasse em prática. Parabéns! Agora, dê continuidade a seus trabalhos e concentre-se em atacar a velha que mora na casa, pois ela é esperta e não pode recuperar as forças.

Prontamente concordei com a cabeça e pedi para me retirar do salão.

— Doutor, cuidado com quem vai se aliar! Tivemos muito trabalho para trazê-lo para o nosso lado. Não é todo dia que temos o Mistério da Luz a nosso favor.

Ao sair, fiquei me perguntando sobre tudo o que tinha acontecido até aquele momento. O poder e a vontade de me redimir por tudo atordoavam a minha mente.

Quando passei pelos portões com destino ao lar de dona Izilda, pensei em voltar sozinho àquele hospital, mas uma sentinela logo apareceu para me escoltar até a casa.

A FORÇA DA FÉ

Quando voltei à casa de dona Izilda, senti uma grande tristeza no local, o que deveria me deixar feliz, satisfeito, mas não foi o que aconteceu.

Na casa, havia muita sujeira e lixo acumulados que atraíam insetos e parasitas, alguns visíveis ao olho humano, outros não. Uma casa com esse tipo de vibração abre portais invisíveis para parasitas e sanguessugas de todas as formas e níveis.

Por um instante, hesitei sobre o que estava fazendo, quem eu era e o que queria fazer com minha vida pós-morte. *Haveria alguma forma de me retratar com o Divino?*

Assim que aquele pensamento me ocorreu, uma explosão de fogo e uma luz negra surgiram à minha frente. O próprio general viera à Terra para me confrontar. Malak estava ali.

No momento em que o general chegou, dona Izilda sentiu-se agitada, mas, como estava sem forças, não conseguiu se levantar. No outro cômodo, Ana também sentiu a mudança no clima, mas sua única reação foi chorar e gritar histericamente, debatendo-se na cama, clamando por ajuda.

— Insolente! O que pensa que está fazendo? Mudando de lado, se arrependendo? Vou destruir esta casa com minhas próprias mãos! Vou pegar o que é meu custe o que custar!

Assustado, eu não sabia como reagir, mas, como uma de minhas qualidades era a frieza, mantive-me centrado e indaguei:

— Senhor Malak, desde que desencarnei, tornei-me um escravo de tudo e de todos; fui uma marionete do baixo mundo, corrompido de todas as formas, sem o direito de reclamar; e agora me tornei sua marionete. Quero saber o porquê. Qual é a importância de destruir esta casa? Qual é a relevância dessas mulheres para serem aniquiladas? E qual é a minha importância? O que quis dizer com "o Mistério da Luz" referindo-se à minha pessoa?

Enquanto eu confrontava um dos maiores generais do baixo mundo, diversos soldados se juntaram ao redor de Malak. Eram seres bestiais e demonizados, estavam ali para acabar comigo.

— Doutor, jamais imaginei que precisaria abrir mão de alguém com tanto poder quanto você, mas não me deixa escolha! Nunca fui confrontado, tampouco uma ordem minha foi questionada! Basta! Acabem com ele!

Quando pensei que aquele seria meu fim, senti, novamente, um cheiro de ervas queimando e vi um clarão com símbolos mágicos. Era dona Izilda cantando sua reza. A partir daquele momento, não me senti mais incomodado; senti-me em paz, pois entendi que eu mesmo alimentava tudo o que me consumia com meu débil estado de consciência.

Foi então que, à minha frente, surgiu um grande cavaleiro de capa azul defendendo-me, e, em um giro só, fui levado daquele local.

Junto ao cavaleiro, chegaram vários indígenas falangeiros que levaram os soldados de Malak para outra dimensão.

Dona Izilda permaneceu queimando ervas, cantando e rezando para que sua filha, Ana, recobrasse a consciência e ficasse mais calma.

— Aninha, hoje iremos a um terreiro de Umbanda.

— Mãe, eu não aguento mais! Minha vida foi jogada no lixo, e, hoje, eu senti a morte perto de mim. Ajude-me! Leve-me a esse lugar o quanto antes!

Assim que tudo se acalmou, fui abordado por um velho conhecido:

— Rá, rá, rá! Olha só quem está de volta em casa. Doutor, agora, sim, podemos falar.

— O que houve, senhor Capa Preta? Por qual motivo, nos momentos de maior confusão e tempestade, sou abraçado? Você mesmo, que tanto falou a meu respeito, agora me trata como um semelhante.

— Semelhante meu? Jamais! Porém, não podemos negar ajuda quando a ordem vem de cima. Você não se recorda de quem era? Antes de sua última vida, você foi um grande sacerdote e, com sua mente e suas palavras, ajudou muito a sua comunidade, que sofria com a peste. Ainda que não houvesse nada a ser feito, você acalmou o coração daquelas pessoas, trazendo luz, esperança e fé. Quando um novo momento de tormenta se aproximava, o Grande Criador o designou para uma missão similar, mas, dessa vez, a batalha foi vencida por sua vaidade e por seu ego. Você preferiu usar seus talentos para obedecer a um dos generais que havia encarnado para destruir o Planeta Azul. Ali, meu irmão, você caiu. Se tivesse feito como em sua encarnação anterior, nem guardião aspiraria a ser; mas, como você é burro, pelo visto não aprendeu direito. Rá, rá, rá!

Mesmo com toda a ousadia daquele guardião, eu o via como um bom homem, que, dentro de seus mistérios, trazia sua própria forma de verbalizar suas verdades. A partir daquele momento, eu sabia que, finalmente, estava dando meu primeiro passo rumo à estrada da evolução.

Sim, o caminho que fiz em direção à luz pode ter sido rápido, aparentemente, mas, como havia dito, o mundo atual necessita que as mudanças evolutivas ocorram a passos largos, devido à sua urgência de transformação e regeneração. Eu tinha consciência de meus talentos e, quando o guardião me lembrou de minha vida sacerdotal, entendi por que fui levado ao monastério e por que Malak me queria tão perto.

OS ENSINAMENTOS DE HUR

Quando o guardião Capa Preta relembrou meu passado, tudo o que eu tinha aprendido e vivido até aquele momento voltou à memória.

O lugar para o qual fui trazido era muito parecido com os belos bosques e terras altas, com paisagens estonteantes, nos quais morei em vida. Fiquei ali por um longo período para me recuperar energeticamente. Havia muita alegria, cânticos, flora e fauna fartas, carregadas de energia, e um ar tão puro que eu jamais poderia descrever o que sentia ao respirar. Os nativos chamam o local de Aruanda.

Um belo dia, enquanto caminhava pelo lugar, fui parado pelo mesmo cavaleiro de capa azul que me resgatou:

— Doutor, vejo que está bem melhor. Sua recuperação enche meu coração de alegria, mas o dever o chama. Então, apresse-se e encontre-me na torre central, onde muito será revelado a você.

A caminho do local, tive medo de que tudo aquilo fosse uma grande armação para que eu fosse novamente aprisionado. *Seria uma nova audiência? Seria a marionete de quem agora?* A cada passo dado, eu ficava mais receoso com relação ao que poderia acontecer. Preparava-me para o pior.

Ao entrar, fui recebido pelo homem que era incapaz de encarar, devido ao peso da culpa que ainda carregava. Ali estava, novamente, o caboclo plasmado com os paramentos sacerdotais de sua última encarnação. O homem que me salvou no monastério e que me arrebatou em minha última missão a serviço de Malak recebia-me de braços abertos.

— Seja bem-vindo ao lar, sacerdote, ou prefere que eu o chame de doutor? Espero que tenha tido excelentes recuperação e regeneração. Além disso, desejo profundamente que tenha refletido e se arrependido de tudo o que houve até agora. Apesar da resistência de alguns, avaliamos sua existência como um todo, e não apenas as suas ações na última encarnação. Nesta nova vida, aproveite sua chance derradeira com sabedoria. Nós estamos em um momento de muita tensão e tenho a certeza de que você será uma peça-chave para que nossa missão obtenha sucesso absoluto. Foi por isso que o trouxemos de pronto para a colônia. Agora, apresse-se! Teremos um momento de vibração, clamando às forças superiores que nos sustentem. Os espíritos naturais daqui também anunciaram que haverá um rito de iniciação ainda hoje.

A torre central era puro brilho e energia; do chão ao teto, havia simbologias das quais eu, vagamente, me recordava de ter lido em meus tempos sacerdotais. Sem exceção, tudo acontecia primeiro em Aruanda e, com a outorga dos espíritos naturais — os orixás, como chamam ali —, poderia ser revelado em vida para que fosse usado na Terra com a finalidade exclusiva de fazer o bem e a caridade ao próximo. Todos os iniciados que utilizam esse conhecimento com intenção contrária são duramente penalizados após o desencarne.

Durante o momento de vibração aos orixás, sentei-me próximo aos outros moradores da colônia e, ao meu lado, ouvi um ancião dizendo:

— Doutor, eu sou Hur, o ancião guardião deste local. Chegou o momento em que você renascerá como um espírito de luz, um guardião do Criador. A partir de agora, nasce um novo ser, pois do branco você veio e ao mais puro branco da luz retornará. Aproveite estes últimos instantes aqui em Aruanda para aprender mais sobre sua nova velha família. Bem-vindo à sua nova vida, sacerdote!

Após uma breve pausa, Hur continuou:

— Leve sua missão com a fé inabalável, com a força de um guerreiro e com a capacidade transformadora de um curandeiro. Logo mais, os naturais virão para marcar seu espírito definitivamente. Após esse rito, receberá suas missões de resgate. Saravá! Que os orixás o acompanhem!

Sentia-me emocionado, pois, junto àquelas palavras, ouvia os cânticos acompanhados por tambores que anunciavam a vinda de algo grandioso.

No alto, três luzes anunciaram a chegada dos mestres que representavam diretamente as forças dos orixás louvados nas belas palavras de boas-vindas de Hur, o ancião.

Tive a sensação de que aquilo que parecia vazio dentro de mim tornava-se completo. Senti-me tão magnetizado, tão transbordado por aquela energia, que nem percebi a presença dos três espíritos naturais. A emoção era tanta que fiquei totalmente paralisado.

Dois dos três espíritos presentes no centro da torre eram anciões: um negro de vestes brancas e um cajado com símbolos que representavam os dois mundos, as duas vidas; e outro coberto de palhas, misterioso e silencioso. O terceiro orixá era um jovem guerreiro que logo reconheci — era o cavaleiro de capa azul que havia me resgatado. Quando pensei em me manifestar, Hur interrompeu meu pensamento:

— Filho, hoje você renasce, e o Grande Criador designou esses mestres naturais para protegê-lo e guiá-lo em sua nova caminhada. A partir de agora, você está a serviço de Deus e dos orixás. Cada um deles será responsável por um aspecto do trabalho que você realizará na Terra, mas não em carne. Aproxime-se, eles o aguardam.

Timidamente, levantei-me e segui em direção aos três espíritos, tão altos e imponentes. Não me sentia merecedor de estar ali. Mas, quando ia abrir a boca para falar, o cavaleiro postou-se à minha frente e, mentalmente, disse:

— Eu sou Ogum e, com a mesma alegria que o Criador o concebeu, aceito você como meu filho. Pelo amor Dele a você, resgatei-o das garras de Malak para que não fosse levado às celas umbralinas novamente. Sua missão é maior do que imagina. Então, eu serei o responsável por guiá-lo em sua estrada. Tenha a força do guerreiro em você! Minha espada e meu escudo serão suas armas de batalha. A partir de agora, concedo-lhe o símbolo do trono da Lei Divina para que seus caminhos estejam sempre abertos e direcionados à prática do Bem Maior. Ajoelhe-se, agora, perante a nós e a todos que estão aqui, soldado.

Quando o senhor Ogum terminou a fala, ele se afastou e plasmaram-se em minhas mãos uma espada romana e um escudo. Senti uma enorme emoção, pois sabia o peso da responsabilidade que carregaria a partir daquele momento. Ainda haveria muito pela frente.

Em seguida, o ancião das palhas se aproximou. Em um gesto que, para mim, parecia ensaiado, todos do salão se ajoelharam. Com minha ignorância, acabei pensando alto demais: *por que todos o reverenciam?* Hur, que estava próximo, respondeu calmamente, em forma de anúncio:

— Ajuberô![*] Atotô,[**] Obaluaê! Deem passagem ao grande feiticeiro.

Assim como todos os presentes, continuei abaixado e logo senti sua presença à minha frente. Sua energia era calma, tranquila e preenchia mais uma parte do vazio que eu tinha em meu espírito. *Seria eu absolvido por tudo o que havia feito?*

* Saudação ao orixá Obaluaê. [NE]

** Segundo o *Dicionário Yorubá-Português*, de José Beniste (Bertrand Brasil, 2019), "atótóo!" é uma interjeição que significa "silêncio". [NE]

O tempo passava, e o homem coberto de palhas continuava à minha frente, mas, alguns instantes antes de ele partir, senti algo encostando em minha cabeça. Abri os olhos e fui levado para outra dimensão, onde finalmente ficamos frente a frente. Desesperado, pedi perdão por tudo o que ocorreu, mas, toda vez que eu pensava em balbuciar alguma palavra, o orixá Obaluaê, também chamado Xapanã, batia o pé direito e chacoalhava um instrumento de palhas, ornamentado com pedras, fitas e búzios. Apenas quando decidi parar de falar e elucubrar, esvaziando minha mente, senti sua presença em meu pensamento.

Quando dei por mim, Obaluaê girava de forma cadenciada, mas, a cada volta, sua velocidade aumentava e suas palhas subiam mais. Quando enxerguei o clarão roxo de seus olhos, fui hipnotizado de tal forma que pude ouvir sua voz em minha cabeça.

— Cubro-o com minhas palhas para que se cure de todas as feridas e de todas as dores que causou a si próprio, em vida e em espírito. Sua missão, a partir de agora, é ajudar a combater e destruir toda a maldade do mundo. Faça com que o povo da Terra tenha consciência dos estados de transformação e regeneração necessários para a ascensão espiritual. A partir de agora, você também carrega o sinal da evolução dentro de você. Use-o, forme um exército e, então, estará finalmente pronto para escrever sua grande história pelo caminho da evolução.

Quando o velho Xapanã se afastou, sobrou apenas o orixá que irradiava uma energia tão magnetizadora que, mesmo estando forte e renovado, eu não conseguia me manter de pé diante de tanta luz e poder. Era Oxalá, que se aproximava para colocar em mim o último sinal.

Antes de finalizar o ritual, os três espíritos naturais se puseram à minha frente e o senhor da fé, como o portador da palavra, sem rodeios, disse:

— Tenha em mente que, a partir de agora, morre o espírito de quem você era para que possa regenerar-se em um novo ser. Sua salvação somente será plena caso se mantenha conectado com as forças da Fé, da Lei e da Evolução Divina. Lembra-se de quando fugia das bombas e quase morreu congelado? Naquele momento, você viu uma mulher, certo?

— Sim! Quando desfaleci, tive a sensação de entrar em um vácuo. Senti o tempo parar.

Oxalá continuou a falar apenas em minha mente:

— Não era uma mulher qualquer, meu filho, era a grande orixá Oyá, a senhora dos ventos e das tempestades. Naquele momento, ela se apresentou para iniciar um processo de esgotamento e reequilíbrio em seu espírito. Por isso, aquele turbilhão de ar sugou, momentaneamente, o espírito de seu corpo. Consciente de que tinha uma longa missão enquanto espírito, ela tratou de recuperá-lo, cristalizando toda a sua energia e seus pensamentos negativos, a fim de que nós, os orixás, e os mentores de luz conseguíssemos auxiliá-lo nessa jornada de provações, missões, evolução e propagação da fé na Terra.

Em seguida, continuou:

— Malak sempre soube de suas qualidades e das coisas que guardávamos para você quando voltasse à colônia. É claro que, em função de seu desvio de conduta moral, você não trabalhará diretamente para nós, mas irá para um lugar onde terá a liberdade e a desenvoltura que o trabalho exige. A você, meu filho, eu entrego o símbolo da Estrela do Oriente, regente da força magnetizadora da Fé e da Luz. A partir de agora, trago à sua memória suas experiências como um grande sacerdote nas terras altas arrebatadas pela peste. Dou a você a força e o Mistério da Luz. De agora em diante, você será mais um dos guardiões do Mistério da Fé.

E completou:

— Hoje, você nasce e ascende como o guardião Lucifer da Estrela do Oriente.

NASCE O GUARDIÃO DA LUZ

Após receber a outorga dos orixás para seguir minha missão dentro do caminho da luz, ouvi atentamente todos os conselhos e, em seguida, saí do salão acompanhado por Hur. Ao atravessarmos o portal da torre, porém, uma grande surpresa: Hur havia plasmado a forma de um caboclo com um lindo cocar de penas brancas. Aquela imagem e aquele semblante me deixavam estarrecido.

— Salve, guardião da Luz! Vejo que fiz muito bem ao salvá-lo daquela tempestade de neve, não é verdade?

Surpreso por vê-lo novamente, não perdi a oportunidade de confrontá-lo e finalmente descobrir quem era.

— Afinal, poderia me dizer o que houve no monastério? Naquele momento, como sabia de tudo o que viria a acontecer comigo?

— Guardião, coloque de lado sua última encarnação como psicólogo e lembre-se de seus tempos como sacerdote. O que são os desígnios de Deus?

No instante em que ele proferiu aquelas palavras, parei para refletir e, enfim, tudo tinha sentido. Quando saí do forte vendaval de Oyá, só queria ver e sentir o que estava ao alcance de meu entendimento naquele momento; minha mente não processaria nada além do óbvio. É por isso que, enquanto estava na prisão umbralina, minha cabeça processava tudo em *looping*. As bombas que armavam e explodiam em meu pensamento, na verdade, eram resultado da prisão interna na qual eu me coloquei com as ações e atitudes tomadas durante minha vida.

Em um lapso de sanidade, conectei-me com um sentimento próximo ao de fé e libertação e consegui sair da prisão do tempo. Ainda que tenha exercido muitas ações negativas enquanto era soldado de Malak, tornei-me consciente a partir daquele momento.

Quando voltei de minha autorreflexão, Hur, sorrindo, me disse:

— Guardião, agora você está preparado. Siga rumo aos portões de saída de Aruanda. Aquele que o trouxe aguarda ansiosamente por você.

Antes de agradecer a ajuda em minha reflexão, mais uma vez indaguei quem ele realmente era. Estava decidido a sair dali com aquela resposta.

— Se precisa tanto de um nome, pode me chamar de Pena-Branca, ou continue a me chamar de Hur. Oxalá me enviou para perto de você para que minha força e meu Mistério da Fé o ajudassem a aceitar o desencarne e a salvação com mais facilidade. Quando estava perdido no monastério, o sacerdote que viu não era um homem de carne e osso; ali, você já enxergava além da existência. Não sou ninguém especial, apenas um humilde mensageiro e trabalhador a serviço dos orixás.

Após suas palavras, nos despedimos carinhosamente e parti rumo ao desconhecido. Confiante, sabia que finalmente seria útil fazendo o bem e usando minhas habilidades para um propósito muito maior do que minha vaidade, muito maior do que eu.

Ao atravessar os portões de Aruanda, um velho conhecido me esperava.

— Rá, rá, rá! E não é que você entrou de uma forma e saiu de outra?

— Salve, Capa Preta! Finalmente me encontrei e agradeço a você por acreditar que eu poderia ser útil, ainda que fora dos portões da colônia.

— Lucifer, entendo seu momento de êxtase, mas, agora que já aprendeu como funcionam as coisas do lado de cá, vou levá-lo para o meu posto de trabalho, na esfera onde também ficará o seu. A partir de agora, aconselho que você plasme a aparência que realmente quer ter. Essa roupa branca não combina com você... rá, rá, rá!

Em seguida, continuou:

— Nossa viagem será longa. Será uma boa oportunidade para que seja telhado por mim. Dessa forma, estará bem preparado para seus trabalhos futuros.

Durante nossa migração para o castelo dos guardiões, Capa Preta falava muito sobre o que era ser um agente da Lei e dos orixás, um mensageiro do Orun — o mundo espiritual —, entre outras coisas. Como ele não parava de falar e a conversa era muito edificante, a viagem foi rápida, e logo chegamos ao nosso destino.

— Lucifer, agora vou me retirar, pois tenho assuntos pendentes. Fique à vontade! Em breve, vamos conversar mais a fundo sobre seus objetivos aqui em minha terra. Por ora, considere-se meu convidado de honra.

Quando o guardião saiu, aproveitei para realmente descansar a mente e refletir sobre tudo o que havia passado. Foram longas e intensas jornadas. Ao contrário do que se pensa, tornar-se um guardião não é uma tarefa simples. Guardião é uma patente que não pode ser obtida simplesmente pedindo perdão ou demonstrando arrependimento por todos os erros cometidos enquanto encarnado e/ou desencarnado. Quando Olorum* nos concede a dádiva da encarnação, fazemos um trato quanto àquilo que deve ser realizado, principalmente nos quesitos “processos evolutivos” e “servidão em causas caritativas”. Ser um trabalhador da luz requer muito tempo de entendimento sobre o eu interior. Se, durante as consultas nos terreiros e centros, os irmãos de luz que dissertam sobre os encarnados precisam ser seguros de si, imagine para nós, espíritos. Nós precisamos atingir uma perfeição ímpar

* Deus. Também chamado de Zambi ou Olodumaré. [NE]

diante das batalhas e dos desafios que enfrentamos no mundo que os vivos não veem.

No meu caso, especialmente após ser resgatado, passei um longo período na colônia de Aruanda, observando como um espírito de luz vive e qual é o real sentido da vida. Ali, aprendemos muito sobre as questões da Fé, do Amor, do Conhecimento, da Lei, da Justiça, da Geração e da Evolução. Uma vez que as entendemos, vivemos e aplicamos, dia após dia, as qualidades do Grande Arquiteto do Universo. Compreendemos o sentido da vida e da morte e, a partir desse momento, escolhemos qual caminho queremos seguir.

Logo após meu rito de iniciação, soube que minha missão era auxiliar na evolução do ser por meio da fé. Por isso, fui encaminhado para Aruanda, onde o trabalho de transformação é frequente e infinito.

Durante minhas encarnações, passei por muitas experiências e muitos corpos. Bem vividas ou não, não é essa a questão. Dentro de minhas principais experiências — como sacerdote, mago, alquimista e psicólogo —, adquiri conhecimento suficiente para trabalhar, de forma ímpar, como um soldado da fé.

Agora, como guardião, bastava saber o que o destino me guardava. *Seriam guerras? Reencontros?* Foi com essa esperança no olhar e no coração que aguardei, ansiosamente, o retorno de meu companheiro, o senhor Capa Preta.

OS ENSINAMENTOS DE HAMMEL

Após uma longa espera, meu companheiro chegou um pouco machucado, mas com um semblante aparentemente leve.

— Meu amigo, o que houve? Por que não me chamou para acompanhá-lo? Olhe seu estado!

— Doutor, que esta seja a última vez que me indaga algo assim. Um bom líder ensina aos seus semelhantes em quais lutas eles devem ou não entrar. Você mal saiu da colônia e já quer seguir o mesmo ritmo de alguém como eu? Rá, rá, rá! Em breve, espero que supere minhas expectativas e, principalmente, as do Maioral! Rá, rá, rá! Vamos... vou levá-lo para seu verdadeiro lar. Hammel espera por você.

Mal tinha chegado e já me mudaria novamente. Com toda aquela rotina de ir e vir, pensei se eu não seria um cigano em vez de um guardião-exu. Rá, rá, rá!

Assim que chegamos ao reino de Hammel, os guardiões que cuidavam do local abriram passagem e anunciaram nossa presença:

— Salve, Hammel! Aqui está o mais novo falangeiro do orixá Oxalá.

— Lucifer, seja bem-vindo! Espero que esteja satisfeito com minhas instalações. Afinal, não é todo dia que recebo alguém das terras altas.

— Hammel, muito obrigado por sua hospitalidade. Já que estamos os três juntos, gostaria de saber o que me aguarda adiante. Penso que, devido à outorga concedida pelos orixás, tenho muito a fazer. Necessito pagar por meus erros e por minhas dívidas do passado.

— Fique calmo, homem! Tudo na hora e no momento oportunos. Ser sábio também é ser paciente. Sou Hammel, líder dos guardiões dos Mistérios da Luz e da Fé, e tenho a obrigação de prepará-lo para lutar suas próprias guerras em um campo de batalha novo, diferente até mesmo para mim.

— O que seriam esses novos campos de batalha? Já vivi em tempos difíceis de guerra.

— No Brasil, há uma religião pura, ainda recente, que utiliza a mediunidade para que nós, espíritos de luz da Lei Divina, possamos trabalhar, de forma edificante, aspectos da evolução e da cura física e mental daqueles que recorrem a esse tipo de auxílio. Como essa nova religião está trazendo, rapidamente, novos adeptos, muitas falanges e diversas linhas de trabalho regidas pelos sagrados orixás baixam nos solos sagrados para trabalhar. É aí que entramos: ora guardando os portões dos templos, ora dividindo nossas experiências com os demais quando nos dão oportunidade.

— Que religião é essa, afinal? — perguntou Lucifer.

— Chamam-na Umbanda — esclareceu Hammel.

— E onde entramos nessa trama?

— Onde entramos, Lucifer? Não se lembra de nada do que fez na casa daquela família? Muitos espíritos, semelhantes ao que você já foi um dia, são especialistas em destruir os seres encarnados atuando em suas maiores fraquezas. Mas quando a luz da fé de Oxalá irradia sobre o ser encarnado e o espírito de baixa luz, ambos são magnetizados, com seus parasitas, para serem arrebatados por nós, agentes da Lei, cada qual atuando em sua falange e especialidade. Alguns chamam de trabalhos de desobsessão, transporte, descarrego e encaminhamento.

— Hammel, isso significa que aprisionamos esses seres negativados?

— Rá, rá, rá!

— Por que está rindo, Capa Preta? — questionou Lucifer.

— Doutor, só aprisionamos aqueles que, por demência ou falta de consciência, preferem ver e sentir as pontas de meu tridente ou a lâmina de minha espada, em vez de me servirem de bom grado! Você acha que todos são levados para serem regenerados em colônias? Considere-se uma exceção, meu caro amigo!

— São anos e anos de escravidão, Lucifer. Muitos, por opção própria, ainda que tenham adquirido o mérito da liberdade, pedem para ficar na rédea curta, devido à fraqueza de suas mentes — disse Hammel.

E assim começou minha longa estada nos domínios de Hammel. Ali, aprendi e coloquei em prática ensinamentos sobre o bom combate, os valores e o trabalho em equipe, ainda que fosse na ponta do meu chicote. Rá, rá, rá!

Enfim, chegou a hora de assumir meu posto. Durante meus trabalhos, coloquei muitos espíritos caídos nos elos de minha corrente. Nas horas livres, guardava os portais de outros solos religiosos, distintos da Umbanda.

Como guardiões, trabalhamos para quem precisar, desde que mereçam e que sua causa, em nome do Grande Pai, seja verdadeiramente nobre.

REPARANDO OS ERROS DO PASSADO

Algum tempo depois de trabalhar com o exército de Hammel, eu e meus soldados nos retiramos por completo para começar a assumir nossas próprias missões, nossos próprios resgates.

Já em minhas terras, recebi um comunicado de que tinha visitantes e de que me convocavam com urgência. Chegando aos portões, vi que o guardião Capa Preta estava à minha espera.

— Mojubá, Lucifer! — saudou o guardião. Preciso que me acompanhe imediatamente. Tenho ordens diretas da colônia para encaminhá-lo a uma missão na qual terá de ir sozinho.

Perguntei do que se tratava, mas ele não respondeu. Mesmo ele, que era sempre tão empolgantemente determinado a não poupar palavras, naquele momento tinha um semblante preocupado. Aquilo me intrigava, já que ele era um dos guardiões mais experientes que conhecera até então.

Quando o silêncio me irritou, perguntei asperamente:

— Capa, o que está acontecendo?

— Meu amigo, só poderei dizer algo a você quando chegarmos ao nosso destino.

Tivemos uma longa noite de cavalgada. Quando finalmente chegamos, percebi que se tratava de um hospital abandonado. Tive a sensação de que ele já havia me levado ali em algum outro momento de minha jornada.

Na entrada, os guardiões, que antes me desprezavam, cumprimentaram-me de forma respeitosa, mas todos tinham um semblante de preocupação que os arrebatava. Eu parecia ser o único que não sabia o que estava prestes a acontecer.

Depois de um longo período de silêncio, Capa Preta finalmente começou a falar:

— Doutor, hoje será seu grande teste como guardião. Você queria tanto um trabalho... aqui está! Lembra-se daquele ser de mente debilitada que mostrei a você em um passado recente? Vou levá-lo para que o conheça mais de perto. Acho que vocês têm muito para conversar.

Entrando na ala dos doentes mentais, senti-me novamente na prisão em que permaneci por tanto tempo. Paramos na frente do menino que estava no leito 313. Antes de passar pela porta, porém, o guardião Capa Preta parou e disse:

— Meu amigo, hoje, sua missão é reparar os erros do passado. O menino que está aí dentro consegue nos ver e ouvir. Boa sorte! A partir de agora, serei apenas um espectador. O trabalho é todo seu, e você está por sua conta.

Passamos pela porta do leito e logo senti a energia do ambiente se adensar de tal forma que, mesmo com todo o preparo que tínhamos, ficamos em estado de alerta.

— Então, quer dizer que mudou de lado? Agora vai dizer que é santo!

E a criança continuava:

— Seu demônio! Como o chamam agora, monstro?

— Eu sou Lucifer. Não sei o que devo a você de vidas passadas, mas estou aqui para reparar da melhor forma possível.

— Não me reconhece? Será que me destruiu tanto que não reconhece seu próprio sangue?

Naquele momento, Capa Preta foi obrigado a intervir:

— Lucifer, saia do estado defensivo! Não regrida; não se entregue às suas dores humanas. Acenda a luz de seu espírito, imante-se e permita-se enxergar além do véu.

Com a ajuda das palavras de meu companheiro de luta, fiz o que ele sugeriu e me entreguei aos meus mistérios. Pela primeira vez, os símbolos gravados pelos orixás em meu espírito acenderam.

Quanto mais me concentrava, mais o véu saía. Finalmente, consegui visualizar minha infância na última encarnação. Vieram *flashes* de quando eu era apenas um garoto, brincando com meu pai no campo; depois, um pouco mais velho, em minha formatura, ao lado dele — meu pai estava emocionado e orgulhoso por minha conquista; e, por fim, quando embarquei rumo à guerra e nos despedimos. Naquele instante, voltei a baixar a guarda e, mais uma vez, fui alertado pelo guardião:

— Lucifer, aguente mais um pouco! Ainda falta a revelação, seja firme.

Assim que consegui me recompor, vi, em meio a muita neve e neblina, um a um, o rosto das mais de 30 mil pessoas que abati durante minhas experiências no Centro Médico Integrado dos campos de batalha. Até que um deles, mesmo muito magro e cadavérico, me pareceu muito familiar... *Não podia ser!*

— Assassino! Como pôde fazer aquilo comigo?

— Pai?!

— Você é uma vergonha! Como podem, depois da morte, dar alguma confiança a você? Seja digno e volte para onde estava! Purgue eternamente lá!

— Capa! Como pôde me trair dessa maneira? Mesmo aqui, depois de tudo o que passei, sugere que eu matei meu próprio pai?! Como foram capazes de aprisionar o espírito dele no corpo desse menino? Se eu cair, será levado comigo, traidor!

Quando meu espírito foi preenchido pela ira, desembainhei minha espada. Então, Capa Preta, como o guardião experiente que era, me alertou:

— Lucifer, basta! Lute contra sua sombra, o inimigo não sou eu! Lute o bom combate, use a paciência e a sabedoria, como Hammel ensinou a você. Tire o véu de sua frente e veja a verdade.

Depois de tudo o que passei, não seria sábio lutar contra um aliado. Resolveria aquilo com ele em outra oportunidade. Voltei ao meu estado de concentração plena, olhei firmemente para o garoto que dizia ser meu pai e falei:

— Sim, eu me lembro... e se, neste momento, pudesse trocar de lugar com você, o faria sem hesitar! Sentiria as dores do antes, do durante e do depois. Mas, por algum motivo, Olorum quis que fosse assim. Agora, estamos aqui mais uma vez, frente a frente, fisicamente... talvez em papéis invertidos, mas espiritualmente, não.

Depois de uma breve pausa, continuei:

— Meu pai, muitas vezes os desígnios de Deus nos colocam em difíceis encruzilhadas. Nessas horas, podemos tomar duas decisões: nos manter na inércia da ignorância ou aceitar o caminho da fé por meio do perdão e da evolução. Quem está aqui não é mais o seu filho, e sim um servidor da Lei Divina. Aceite minha ajuda para que eu possa encaminhá-lo à cura. A carne é fraca, e você está debilitado demais.

Quando terminei de falar, o garoto à minha frente — que eu finalmente reconhecera como meu verdadeiro pai em outra encarnação — ajoelhou-se e começou a chorar sem parar. Aquela cena também me emocionou, pois eu havia sido seu filho e a chama do amor sempre estaria acesa. Lembrei-me de que, ao desencarnar, perguntei ao espírito capataz que me raptou onde estava minha família. Até então, a resposta a essa pergunta era sempre vaga.

Assim que me aproximei de meu pai, ele levantou a cabeça e, com os olhos mareados, indagou:

— Você realmente não se lembra de nada, meu filho? Sempre que lia seu nome nos jornais, me assustava, pois sabia que havia algo estranho. Meu filho não seria capaz de fazer tudo aquilo que publicavam.

Depois de ouvi-lo, senti o peso da culpa novamente nas costas. Eu estava muito emocionado, mas decidi contar todo o necessário para que o assunto se resolvesse.

— Meu pai amado, cada palavra que foi publicada nos jornais de todo o continente era verdadeira. Sei que manchei a história de nossa família com atos e técnicas aplicadas por mim durante a guerra. Eu fiquei cego pelo poder, queria ser mais que um operário. Então, seguia ordens e, acima de tudo, um propósito, no qual decidi acreditar cegamente. Até então, nada tinha sentido em minha vida. Ser notado por minhas habilidades era o combustível de minha existência, independentemente da forma ou da consequência disso para o inimigo escolhido por nosso líder.

Enquanto eu falava, percebi que meu pai havia parado de chorar. Seu semblante mudou e, asperamente, ele disse:

— Por suas vestes, ainda que siga as ordens da Luz, vejo que está em uma guarnição inferior à que está acostumado, não é? Quando tive a certeza de que você estava com a cabeça totalmente virada, decidi me infiltrar no hospital para tentar me aproximar e convencê-lo a cessar suas experiências. Infelizmente, fui descoberto e levado para a solitária pelos soldados responsáveis pelo lugar.

Depois de uma breve pausa, ele continuou:

— Para suas últimas experiências, havia sobrado apenas um homem, pois ninguém suportava a dor. Então, eu decidi, por vontade própria, me oferecer para ser sua cobaia. Não conseguia me conformar! Sabia que aquele não era meu filho... você tinha se transformado em um demônio em forma de homem. Mesmo quando eu dizia quem era, você não conseguia me reconhecer. Àquela altura da guerra, decidi que, se eu tivesse de ser morto, que fosse por suas mãos.

Congelei enquanto tentava digerir tudo aquilo. Só tive forças para me ajoelhar aos pés de meu pai e implorar seu perdão, pedindo, mais uma vez, clemência aos orixás por todos os meus atos. Enquanto chorava, senti uma energia e uma luz muito fortes à minha frente. Quando olhei, vi que, além de meu pai, ali estavam os três espíritos naturais do Orun.

O guardião Capa Preta prostrou-se à minha frente, desembainhou a espada, ajoelhou-se e disse:

— Hammel está presente. Ajoelhe-se!

Quando Capa anunciou sua chegada, percebi que a luz e a energia se elevaram ainda mais, pois ele não estava sozinho.

Hammel e Hur, o Caboclo Pena-Branca, estavam ali para me parabenizar.

— Rá, rá, rá! Lucifer, por um instante achei que você desistiria. Agora, sabemos que você está pronto para tudo o que virá adiante.

— Hammel, eu agradeço por tudo, mas ainda não ouvi se meu pai me concede sua clemência. Ele ainda não me perdoou.

Naquele momento, todos se calaram e passaram a palavra ao meu pai.

— Filho, eu te perdoo por tudo e peço que, dessa vez, você siga defendendo seu novo propósito até o fim dos tempos.

Em um dos momentos mais emocionantes que já vivi, o caboclo se aproximou enquanto eu e meu pai nos abraçávamos e disse que levaria o espírito dele para uma colônia próxima. Lá, ele seria totalmente recuperado e, em seguida, levado para o lugar onde estavam nossos familiares. O corpo físico daquele garoto fora programado para uma encarnação curta, por isso agora ele seria levado.

Após nossa despedida, um clarão se abriu e meu pai, o caboclo e Hammel viajaram no tempo rumo à colônia. No hospital, restaram apenas eu, meu companheiro Capa Preta e o corpo físico no qual o espírito de meu pai estava preso.

— Pois é, Lucifer... Hammel é assim mesmo. Havia muito tempo que ele procurava um substituto, pois sua estada no reino dos exus já passou da validade. Ele recebeu um chamado do Orun para trabalhar à direita de Olorum, em uma nova linhagem espiritual que está se formando. Muitos espíritos não se afinaram com as características de trabalho dos caboclos, dos pretos-velhos e de outras entidades. Por isso, ele foi chamado para liderar esses irmãos, que vêm do Grande Oriente. Os orixás, com sua infinita grandeza e sabedoria, abriram um mistério dentro da Umbanda para que esses espíritos se manifestem livremente e possam auxiliar na evolução dos encarnados que têm sintonia próxima à deles.

Em seguida, continuou:

— Como Hammel tem grande experiência em liderar e formar novos agrupamentos, aceitou o convite assim que viu em você as qualidades necessárias para conservar o Mistério dos Guardiões da Luz. Faltava apenas aplicar um teste mais intenso para ver quanta pressão você aguentaria. Porém, doutor, ainda existe um último estágio nesse processo. Nosso tempo é dividido entre os dois mundos, e agora vamos visitar outros conhecidos seus. Partiremos rumo à colônia, pois seremos os batedores oficiais de um grupo de espíritos que deverão visitar uma casa de Umbanda. Fique atento a tudo, porque será importante para seu aprendizado!

A ESCOLA NO PLANETA AZUL

Ao chegarmos aos portões de Aruanda, um grupo de caboclos e pretos-velhos que se preparava para um trabalho na Terra estava à nossa espera.

— Salve, meus guardiões! Vamos nos apressar, porque os tambores nos chamam para mais um dia de trabalho — disse o preto-velho que liderava o grupo.

Enquanto nos preparávamos para partir, perguntei ao guardião Capa Preta a respeito daquele trabalho e o que significava a expressão "os tambores nos chamam".

Jamais havia sido chamado por tambor algum. Meu agrupamento esperava minhas ordens para que travássemos minha batalha contra aquele que, por muito tempo, me escravizou. Como sempre, eu não conseguia silenciar minha mente. Bem-humorado, o espírito que nos esperava disse:

— Capa Preta, hoje suncê trouxe um aprendiz? Esse não pode ser esse o guardião da luz de que tanto fala!

Todos riram, e ele prosseguiu:

— Suncê nem consegue ocultar seus pensamentos de nós, fio. Tem muito para aprender nessa jornada comigo.

Ao ouvir aquilo, fiquei nervoso e sem graça. *Depois de tudo que passei e aprendi, ainda sou considerado um aprendiz?* Tentei me explicar, contando minhas experiências até aquele momento, mas foi em vão.

— Chamam-no de "doutor" por aqui, não é, meu irmão exu?

— Sim, senhor!

— Sua história já foi cantada e trazida pelos ventos de Aruanda. Nosso espírito se enche de alegria quando vê alguém que morre em espírito ascender no caminho dos orixás. Agradeça seu amigo que veste a capa preta, pois, desde o primeiro encontro de vocês na prisão, ele o observa e ampara, para que suncê cresça cada vez mais como servidor da Lei Divina. Hoje, além de escoltar todos, também irá me acompanhar nos trabalhos da casa de Umbanda da qual sou mentor.

Em seguida, me fez algumas recomendações:

— Observe tudo e guarde suas perguntas para depois do final dos trabalhos. Após a saída dos médiuns, ficaremos à vontade para trabalhar com mais potência e teremos tempo para falar um pouco sobre o que você verá. Em um futuro próximo, suncê terá a oportunidade de aplicar tudo aquilo sobre o que conversaremos. Vamos andando ligeiro, pois a fiarada nos aguarda ansiosa.

Durante a viagem, fui me afeiçoando ao preto-velho. Ele ainda não tinha mencionado o nome, mas sua energia era tão calma e calorosa que, naquele momento, eu só desejava que nossa empreitada fosse longa o bastante para que eu pudesse continuar sentindo o conforto da energia que ele emanava a todos ao seu redor.

Quando começamos nossa descida para as esferas terrestres, eu, Capa Preta e alguns falangeiros que nos acompanhavam ocultamos nossas vestes com o manto divino. Assim, a luz e a vibração da Lei que nós, guias, carregávamos por essência não seriam notadas por aqueles que não deveriam percebê-las no momento. Muitos, na Terra, chamam essas camuflagens de "mantos sagrados ocultadores".

Outros irmãos optaram por apenas baixar a energia ou mudar a aparência, de modo que não fossem percebidos. Dessa forma, confundiríamos os que estavam próximos de nossa passagem e, em caso de aproximação ou combate, revelaríamos nossa identidade e nosso verdadeiro poder, sendo o contra-ataque avassalador.

Antes de concluirmos a viagem, lembrei-me de quando passei por aquele mesmo lugar: um dos homens que me levavam até Malak fez um comentário a respeito dos que hoje são meus aliados e mestres. À época, nem em sonho eu imaginaria estar ao lado deles para a prática do bem e da evolução — acabei sendo um dos convertidos à Luz.

Enfim, chegamos ao local dos trabalhos. Tive um breve momento de reflexão, em que pude relembrar minhas passagens terrenas, tanto as boas quanto as más — principalmente a última —, meus tempos como prisioneiro, como renomado psicólogo de guerra e, por fim, meus momentos de redenção e completa ascensão à Luz — o perdão de meu pai e a benção final de Hammel, que é hoje um dos mestres da Linha do Grande Oriente.

Disperso, quando me dei conta, havia ficado para trás. Meu companheiro, Capa Preta, e os demais já estavam posicionados nos devidos lugares e designados para cada uma das funções. Como, naquela ocasião, eu era um aprendiz, fiz por onde e perguntei tudo o que podia em relação ao local e ao que aconteceria ali.

Ao meu aproximar do sábio preto-velho, ele me respondeu de pronto:

— Fio, aqui todos me conhecem como Pai Congo da Bahia. Para suncê, basta me chamar de "pai".

Suas palavras me emocionaram. Mesmo estando entre amigos e em um ambiente de fraternidade, nunca me sentira tocado pelo sentimento de amor, exceto em momentos de reconciliação anteriores e quando estive próximo dos orixás naturais. Depois de tudo o que passei, ter alguém para chamar de "pai" foi extremamente consolador e importante.

— Certo, pai. Afinal, onde estamos e como me encaixo aqui?

— Fio, fique à frente do templo e recepcione os que entram em carne e em espírito. Hoje, você será o guardião da porteira e só permitirá a passagem daqueles que, de bom grado, aceitarem a luz do Pai Maior. Se for diferente disso, chame nossos soldados, que eles sabem como proceder com os filhos rebeldes. Agora, preciso ficar próximo de meu aparelho* para alinhá-lo e intuí-lo

* Termo utilizado para designar os encarnados, portadores de mediunidade, que possibilitam a incorporação ou o acoplamento dos guias ou entidades espirituais. Também chamados de "cavalos" ou "médiuns". [NE]

durante a preleção desta noite. Preste atenção nas palavras que serão ditas, pois muitas farão sentido para suncê. Hoje, também acredito que terá a impressão de reconhecer alguém que há muito tempo não vê. Saravá, zifio! Que os orixás amparem e fortaleçam nosso trabalhador.

— Salve, meu pai!

Já era noite, e uma enorme fila se formava na casa, bem diferente dos imponentes templos das terras altas onde fui sacerdote por muitos anos. Mesmo com toda aquela simplicidade, o que me intrigava era que os humanos estavam ali com o coração cheio de amor e esperança, alguns, talvez, aguardando um milagre, mas outros apenas demonstrando sua gratidão pela graça atendida. Em pequenas ou grandes doses, o tempero da fé e da luz estava presente em todos os que entravam, um a um, encarnados ou não.

Percebi que, junto dos espíritos de baixa vibração que entravam amarrados, amordaçados ou anestesiados, havia equipes de curandeiros das mais diversas vertentes, de médicos a xamãs. Estes aplicavam um tratamento inicial para que, mais tarde, os irmãos negativados aceitassem o tratamento final, que era feito dentro das câmaras de saúde da casa, ou fossem encaminhados a uma prisão temporária, onde ficariam até compreenderem seu lugar na existência.

Dentro da lei dos espíritos, ninguém fica sem função, principalmente em trabalhos como aquele. Enquanto checava a entrada de todos, senti duas presenças distintas: uma de extrema força e luz e outra de grande poder, mas muita debilidade. Como o salão era grande e havia uma grande quantidade de espíritos e humanos, seria muito difícil refilar a energia de todos para recordar-me de quem eram. Além disso, eu tinha uma função a cumprir.

O rufar dos atabaques era o sinal de que os trabalhos do templo estavam começando.

Os pontos-cantados* fazem parte da ritualística da Umbanda, assim como se fazia em religiões já esquecidas. De ponto em ponto, de toque em toque, as energias emanadas pelos instrumentos e pelo altar formavam uma sincronia energética — ora direcionadora, ora circular, ora ondulatória — que parecia dançar e envolver a todos com seus movimentos. Raios de luz iam e vinham por toda a casa, de cima até embaixo, sendo espelhados no plano espiritual.

Enfim, a energia estabilizou, o que significava que todos os portais estavam abertos e que ali só entrariam aqueles previamente autorizados pela egrégora.**

Após os cânticos que anunciavam a abertura dos trabalhos, vi, no fundo do salão, Pai Congo andando lentamente, lado a lado com seu médium. Como prometido, a preleção começaria.

* Na Umbanda, as preces, orações e invocações das falanges e das linhas de trabalho são musicadas e chamadas de pontos. Detentores de grande energia positiva, esses cantos são cadenciados ao som dos atabaques ou das palmas. [NE]

** Segundo o *Dicionário Caldas Aulete Digital*, trata-se da "força espiritual resultante da soma das energias (físicas, mentais emocionais etc.) de duas ou mais pessoas que se reúnem para obter esse efeito". [NE]

Fiquei alerta na porteira, mas não deixei de prestar atenção nas palavras intuídas pelo mentor.

— Sejam todos bem-vindos! Hoje, teremos o atendimento de nossos amados pretos-velhos e caboclos. Equilibrem suas mentes e espíritos, elevem seus pensamentos para que, assim, os mentores de luz possam tratá-los a fundo. Em mais um dia de casa cheia, alegro-me por falar sobre um assunto tão pouco tratado, mas tão presente na vida de nós, encarnados...

Enquanto o médium-chefe dizia aquelas palavras, o público prestava atenção, curioso.

— Quem aqui conhece ou já lutou contra as próprias trevas? Quem já duelou, face a face, contra sua sombra?

Quando o homem proferiu aquelas palavras, virei-me e percebi que Pai Congo olhava firmemente em minha direção. Logo, entendi o porquê de eu estar ali naquele dia de trabalho. Inspirado pelo mentor, o médium que comandava o trabalho continuou:

— Quem aqui reconhece suas trevas inferiores? Ou melhor, quem aqui as aceita? Dorme e acorda com elas? Não adianta falarmos de reforma íntima sem que tenhamos total conhecimento de nosso maior inimigo: nós mesmos! A vaidade, a língua afiada, o ego, o vício em sexo ou em qualquer outra coisa, tudo podemos considerar como uma sombra, um demônio a ser enfrentado.

Todos se espantaram ao descobrir que tinham seus próprios demônios. Eu os conhecia muito bem, pois tive de enfrentá-los de frente.

— Não pensem, meus irmãos, que vir aqui toda semana ou, pior, que trabalhar deste lado do salão, vestido de branco, basta para que se livrem de sua sombra. Quanto mais luz, mais forte o seu demônio, mais intensa a sua luta e mais irresistível a tentação para que vocês caiam! Nesta casa, ensinamos que, com o conhecimento e a fé na força dos orixás, conseguimos reconstruir nossa moral, nossa conduta e nosso foco, a fim de cumprirmos nossa missão. A verdadeira evolução vem da tentativa de cada indivíduo, ao despertar, de ser melhor do que era ontem. Se não pudermos nos livrar totalmente de nossa sombra, que, pelo menos, a afastemos um pouco e, assim, de degrau em degrau, possamos nos tornar pessoas melhores. Guardem estas palavras: façam do dia seguinte um dia melhor que o de hoje. Boa gira a todos!

Quando os atabaques voltaram a soar, ao lado do sacerdote estava uma senhora que segurava um turíbulo e cantava uma música simples, mas de cunho magístico extremamente forte:

> Nesta casa tem quatro cantos,
> cada canto tem seu santo...
> Pra fazer nossa defesa,
> Pai, Filho e Espírito Santo.

Era ela! Era a mãe da jovem Ana, o espírito protetor encarnado mencionado por Malak. Enquanto dona Izilda atravessava o salão, eu enxergava símbolos desenhados no ar, da mesma forma como havia presenciado no passado. Agora, estavam ainda mais fortes e eu finalmente entendia o significado de cada um deles.

Ao passar pela porta em que eu estava, ela parou. Nitidamente arrepiada, olhou bem na minha direção e disse:

— Eu sabia que nos reencontraríamos. Desde o início, senti que você carregava muita luz e muita sombra. Seja bem-vindo, exu!

Quando dona Izilda concluiu o ritual de defumação, ainda na porta, pediu que todos se virassem em direção à rua e, com força e firmeza, fez o chamado:

— Laroiê, exu!

Naquele momento, os ogãs tocaram os atabaques com mais força. Todos os guardiões presentes, cada qual em seu posto — no entorno do terreiro e nas 28 encruzilhadas que cercavam o local —, estavam preparados para resguardar os trabalhos do dia.

Filho de fé por filho fé, todos foram atendidos com paciência, amor e destreza pelos companheiros que escoltamos de Aruanda até o terreiro. De fato, a viagem havia sido de grande valia para mim, que até então só conhecia os atendimentos caritativos em teoria.

Quando pensei que os trabalhos haviam chegado ao fim, vi Aninha, filha de dona Izilda, sentada. Ela passaria por um ritual chamado de harmonização, no qual todos os guias presentes derramam sobre a consulente um raio de luz e de energia capaz de curar e reequilibrar suas forças vitais.

Enquanto os guias presentes trabalhavam em Aninha, afastei-me, pois sabia que eu era um dos grandes responsáveis por toda a desgraça pela qual aquela moça e sua mãe estavam passando. Ao perceber meu sentimento, já que eu estava baixando parcialmente as forças de defesa da casa, meu companheiro, Capa Preta, advertiu:

— Águas passadas, meu camarada. Se você ainda tivesse qualquer culpa no cartório, com certeza não estaria com sua patente, com seus símbolos gravados, muito menos em nossa companhia. Concentre-se em seu posto e, em hora oportuna, pergunte o que precisar ao Congo.

Terminado o trabalho de harmonização em Aninha, sua mãe pediu licença para conversar com o guia-chefe da casa, Pai Congo da Bahia.

— Sua benção, meu pai.

— Deus te abençoe, minha filha!

Durante o tempo em que conversavam, Pai Congo solicitou, mentalmente, que eu estivesse junto. Dessa maneira, eu poderia ouvir e ficar a par de tudo o que acontecia.

— Hoje, quando estava na defumação, senti e reconheci uma presença com a qual convivi por muito tempo em minha casa. O senhor se lembra de quando a Aninha começou a ficar mal da cabeça e eu disse que tinha um espírito muito ruim nos rondando?

— É claro que nêgo lembra, fia, e ele está aqui à sua frente. Suncê não se lembra de quando chamou Ogum em sua casa? Suncê não se lembra do que disse a ele quando estava incorporada?

— Sim, meu pai. Eu senti a presença dele e percebi que seria necessário doar minha energia para que a defesa de nossa casa aumentasse. Sobre o que foi dito, era algo como "para o branco voltará".

— Exato, fia! E ele voltou! Suncê ajudou no resgaste desse espírito desgarrado, que hoje se regenerou. Agora, ele vai aprender com nóis o trabalho da caridade para depois, assim que possível, seguir seus próprios rumos. Muita coisa não pode ser dita, pois não temos autorização para revelar sua vida passada, por sua própria segurança e de sua cria, Aninha. Mas saiba que o ser que um dia atentou contra vocês é hoje um feroz guardião da Luz.

— E quem é esse, meu pai?

— Fia, sempre que suncê ou sua cria sentirem que devem reforçar a vigilância, acendam um toco no chão de casa e peçam que Lucifer venha montar guarda.

— Salve, meu pai! Agradeço, mais uma vez, por tudo.

Quando dona Izilda partiu, os espíritos que estavam em atendimento mantiveram-se em seus postos, assim como a equipe de guias curadores e sentinelas que guardavam as encruzilhadas. Todos esperavam as ordens do sábio preto-velho.

— Saravá, meus irmãos! Pai Congo agradece, mais uma vez, por fazermos nossa corrente tão forte. Antes de fecharmos o portal energético, temos trabalhos a concluir com os espíritos que ficaram aqui.

A partir daquele momento, as tarefas foram redistribuídas. Eu, como prometido, fiquei ao lado dele para aprender um pouco mais sobre a estrutura do terreiro, o atendimento aos encarnados e a assistência aos espíritos que ali ficavam. A cada passo dado por Pai Congo, recebia uma explicação, uma informação rica para que eu absorvesse rapidamente. Ele era do tipo que não esperava a anotação. Mesmo assim, foi um dos principais espíritos mentores com quem já convivi durante minha caminhada como guia de luz. A jornada de aprendizado de um guia varia de acordo com a necessidade, de missão para missão, de resgate para resgate, e a velocidade é relativa à obrigação.

No meu caso, devido a tudo o que me aguardava em um futuro próximo, fui obrigado a receber um turbilhão de informações em um curto espaço de tempo. Malak ainda estava em meu encalço e, ainda que nenhum dos companheiros que passaram por mim tenha mencionado, eu imaginava que tudo aquilo era uma preparação para o reencontro que teríamos em breve.

Acompanhei Pai Congo até chegarmos a um lugar que se assemelhava a uma prisão. Para lá, eram levados os filhos rebeldes que não aceitavam de bom grado o auxílio oferecido pelos guias de luz. Ao passar pelo portão, ouvi uma risada que logo reconheci.

— Rá, rá, rá! Laroiê, Lucifer! Mostre aos companheiros daqui seus talentos oriundos da Psicologia.

Após a permissão do preto-velho, entrei no local e, calmamente, olhei um por um. Finalmente colocaria em prática tudo o que havia aprendido silenciosamente.

O BOM PASTOR

Quando entrei na prisão e vi centenas de espíritos agressivos, desnorteados e perdidos, não pude deixar de relembrar os momentos nos quais eu era o outro lado da moeda. Sabia que responder com violência seria tolice, então decidi aplicar minhas melhores habilidades com muita paciência.

— Capa Preta, agora é por minha conta e risco. Deixe-me sozinho com eles. Pode levar embora minha espada e minha capa.

O exu se espantou com minha audácia, mas, prontamente, atendeu ao que eu pedia. Quando percebi que os portões da prisão se fechavam, comecei os trabalhos.

Com sorte, teria êxito e, se fosse permitido, reforçaria meu exército. E, como bonificação, ganharia o respeito dos outros guardiões que me rodeavam.

Eu sabia que não poderia deixar que os prisioneiros tomassem o leme da situação. Assim como fazia no passado, ainda encarnado, não hesitei em acuar todos com a firmeza de minhas palavras:

— Sei que muitos aqui já ouviram falar de mim, não é verdade? Também sei que aquele que levar minha cabeça ao palácio de Malak receberá o que quiser. Agora, pergunto: algum de vocês é corajoso suficiente para tentar me capturar ou, antes, podemos conversar um pouco para eu tentar convencê-los do contrário?

Todos na cela me olharam atentamente. Um guardião nunca passava pelas celas desarmado, o que foi motivo de espanto. Minha audácia já começava a me render alguns frutos, por isso não perdi tempo e voltei a falar:

— Assim como vocês, conheci meu lado mais escuro. Já estive do lado em que estão agora e conheci o que chamam de fundo do poço. E, se existe algo depois disso, com toda certeza também já estive lá. Para a sorte de vocês, hoje estou disposto a ajudá-los a encurtar a viagem de ida. Todos aqui, sem exceção, terão duas opções: tentar passar por mim ou passar comigo. A escolha é simples e rápida. O que vai ser?

Do lado de fora da prisão, fez-se um breve momento de silêncio. Percebi que todos os guardiões presentes estavam ansiosos pelo desfecho da situação.

Um dos espíritos prisioneiros que estavam ali decidiu me confrontar, gritando:

— Eu sei quem você é! Abra os olhos, covarde, pois eu vou atropelá-lo e entregá-lo às sentinelas!

Os espíritos achavam que, sem a capa e a espada, eu ficaria desprotegido, sem defesa. Mas, para o azar deles, desenvolvi uma forma peculiar de ocultar meu poder: aprendi a abrir mão de alguns de meus sentidos para armazenar e acumular forças. Fazia adormecer e acordava minha terceira visão com facilidade. Sabendo o que eu poderia fazer com o infeliz que tentava me desafiar, avisei:

— Irmão, se abrir os olhos, farei você sentir uma dor terrível, e as sequelas que você carregará levarão algumas reencarnações para desaparecer. Se você acha que aguenta, fique à vontade para tentar.

— Guardião, se conseguir arrebatar cem de nós em um piscar de olhos, todos aqui, de bom grado, servirão à sua luta até o momento em que decidir nos libertar.

Antes de abrir os olhos, entoei o mantra que tanto ouvira dos guias de luz enquanto tentavam me converter. Com os olhos ainda semicerrados, antes de liberar minha luz, disse:

— Do branco você veio e ao branco retornará!

Preciso dizer o que aconteceu depois? Rá, rá, rá!

Todo espírito, independentemente do caminho que segue, é e sempre será filho do Grande Criador e Arquiteto do Universo. Isso significa que, em algum momento da existência, esse espírito possuía a luz divina, que enfraqueceu com o tempo e devido às ações tomadas por meio do livre-arbítrio — ao olhar de um ignorante, parece ter se extinguido.

Para mim, um guardião que carrega o mistério da transformação por meio da luz e da fé, é fácil reacender essa chama, fazendo com que as ovelhas voltem ao bom pastor e, assim, sejam auxiliadas e conduzidas a seus locais de merecimento e regeneração. Essa foi a missão que me foi dada e, sempre que tenho a chance, cumpro-a com todas as minhas forças.

Como já estive do lado oposto ao da luz, sabia exatamente como transformá-los em fiéis e competentes soldados servidores da Lei. Todo espírito de baixa vibração tem necessidade de servir a algo ou alguém de grande força. Para esses, eu falo sobre os orixás e os vários chefes de falange que conheci. Se podem servir a um batalhão tão poderoso, por que se opor a ele quando estendemos a mão?

Ao sair da prisão do templo com meus novos soldados, todos ao meu redor me olhavam, surpresos com meus métodos. Havia provado a todos e a mim mesmo que estava preparado para qualquer batalha. Para convertê-los, não foi preciso desembainhar minha espada, tampouco utilizar outros artifícios.

Toda essa tomada de ação rendeu-me bons frutos e excelente reputação. Quando subi e voltei aos portais do templo no qual trabalhávamos, pude reencontrar Pai Congo.

— Salve, Congo! Todos aqui aceitaram a minha luz e servirão ao meu lado enquanto for necessário.

— Salve, Exu Lucifer! Agradeço seu trabalho. Agora é hora de fecharmos os portais e seguirmos para nossas casas. Acompanhe-nos com sua nova tropa.

No momento em que nos agrupamos, o preto-velho, chefe daquela expedição, fechou todos os portais e campos energéticos, agradeceu os guardiões que ficariam ali e chamou os outros para retornar.

Assim como na ida, escoltamos o agrupamento de caboclos e pretos-velhos de volta até a colônia de Aruanda. Durante a viagem, Pai Congo, como havia prometido, falou bastante sobre Umbanda, regeneração, linhas atuantes dentro de um templo, entre outros assuntos que seriam importantes para minha relação com os espíritos encarnados a partir dali.

Quando chegamos às proximidades de Aruanda, o espírito do preto-velho parou e, com alegria no olhar, me agradeceu por tudo, dizendo que eu deixava com eles muito mais do que estava levando.

— Guardião, sua história de regeneração será cantada através dos ventos de Aruanda! Há muito tempo não víamos alguém arrebatar tantos com essa técnica. És o gladiador do bom combate, o bom pastor! Que Oxalá sempre guie seus passos. Saravá!

Quando terminou de se despedir, um forte clarão o levou de volta para a colônia.

TRABALHANDO NA TERRA

Quando terminamos nossa missão, recebi ordens diretas para acompanhar de perto duas mulheres que estavam na Terra. Eras atrás, uma delas havia sido uma grande druidesa. A outra, um espírito mais jovem, mas de força semelhante, possuía um passado na alta magia branca. Assim que recebi esse chamado, lembrei-me logo de dona Izilda e de Ana. *Seriam elas que eu acompanharia?*

Hur havia me contado bastante sobre o passado de ambas, também sobre os planos de Malak contra aquelas valiosas almas. Se elas ao menos soubessem a força espiritual que tinham, meu trabalho seria mais fácil e o sofrimento delas, menor. Precisava me apressar, pois cada segundo era vital para o sucesso da missão.

Voltei às minhas terras a fim de me preparar para a jornada, que não tinha data para terminar. Iniciaria uma nova missão, uma nova guerra que, mesmo sem ser anunciada, eu sentia ser iminente. Reuni minhas tropas e, saindo para nossa grande expedição, recebi a inesperável visita de meu grande companheiro de estrada, o Exu Capa Preta.

— Salve, doutor!

— Salve, meu amigo guardião! O que traz você aqui?

— Soube que está partindo, sem data de retorno, para uma missão na Terra.

— Sim, mas o motivo só pode ser dito entre colunas, meu irmão. Vamos entrar no templo que explicarei tudo a você.

— Você possui um templo, Lucifer?

— Sim, meu irmão, todos os servidores da Estrela do Oriente têm algo parecido com os templos maçônicos da Terra. Entre colunas, edificamos nossa verdade. Telhamos aqueles que estão em busca de evolução para que se preparem para guardar nossa potência e nossos mistérios. Por fim, o objetivo maior é preparar todos para o encontro com a Luz Maior do Grande Arquiteto do Universo.

— Entendo, meu companheiro... E o que há de tão importante nessa missão?

— Durante o tempo em que estive em regeneração na colônia, Hur contou-me sobre as vidas de Izilda e Ana, espíritos de grande valia para Malak. No passado, ele me pediu, pessoalmente, que as enfraquecesse, mas não obtive sucesso. Justamente naquela ocasião, fui resgatado pelo grupo da colônia, que me levou para a regeneração.

— Está indo guardá-las? Que ironia do destino, Lucifer!

— Rá, rá, rá! Não existe ironia quando já estamos predestinados. Sentia que algo me ligava a elas desde a primeira vez em que coloquei os pés naquela casa.

— Desejo-lhe sorte, guardião! Nós recebemos um sinal de alerta. Caso a situação complique, como imagino, vamos nos reencontrar.

— Espero que não, mas, se assim for, nos veremos no campo de batalha.

Rumo à crosta, tivemos uma dura jornada e novamente fomos obrigados a nos camuflar, abaixando nossa vibração ao extremo para que nossa luz não fosse percebida pelos espíritos perdidos e negativados. Pacientemente, atravessamos o portal.

Logo cheguei à casa que frequentei como inimigo por tanto tempo no passado. Assim que passei pela porta, autorizado pelo guardião que ali estava, percebi que a energia da casa estava muito mais leve e harmoniosa. Eu voltava ao lar que, por minha culpa, enquanto ainda era um escravo trevoso, foi subjugado a uma baixa energia por um longo período.

Os dias se passavam e a vida ali parecia bastante pacata, sem grandes novidades. Como guardião, reforcei a defesa do local, colocando cada um de meus soldados em um canto da casa e nas encruzilhadas do entorno. Caso algo estivesse errado, eu seria avisado rapidamente.

A energia serena da casa me preocupava, pois foi a causa de, no passado, eu e os enviados de Malak conseguirmos nos acoplar e entrar ali sem dificuldade. Ciente disso, decidi aparecer para dona Izilda a fim de que nos conectássemos e conversássemos sobre o que fosse necessário para que ela me entendesse, agora, como amigo e aliado da família.

Quando me aproximei, vi que ela se preparava para suas orações à frente do altar, pedindo forças para amparar sua filha diante das provações evolutivas pelas quais ela passava e, se fosse do agrado dos orixás, pedindo que Ana não tivesse sequelas. Sabedor dos riscos que elas corriam, esperei pacientemente que ela concluísse as orações para, em seguida, colocar-me à sua frente.

— Quem é você? — perguntou Izilda.

— Eu sou o guardião enviado para proteger você e sua filha.

— Seu semblante não me é estranho.

— Você está certa, eu não sou um estranho. Para falar a verdade, nos conhecemos faz algum tempo.

— Você é o guardião que estava no terreiro no dia da gira de Umbanda? Eu vi você na porta da casa.

— Isso mesmo. O próprio.

— Laroiê, exu! — ela se ajoelhou em reverência a mim.

— Levante-se, minha filha. Vim para ajudar, não para pedir veneração. Pouco posso revelar sobre minha missão, mas adianto que vocês devem se apegar, cada vez mais, à força da fé e ao amor que têm aos pais e mães orixás.

— O senhor pode me dizer seu nome?

— Eu sou exu; sou o vazio absoluto; sou o que transforma e também o que comunica; sou aquele que oculta, mas que também traz a luz aos que merecem! Mas, se achar melhor, me chame de Lucifer, o guardião da luz!

— Então, isso significa que o senhor veio em boa hora. Faz tempo que não vamos ao terreiro que frequentamos: fiquei doente por um tempo e não consigo me recuperar. Dessa forma, não tenho força física para ajudar o sacerdote da casa. Estou muito velha, senhor exu.

— A idade traz sabedoria. Sua ajuda na casa é importante, mas o conhecimento que você possui transcende eras. Então, concentre-se cada vez mais em suas orações, reforce seus pedidos e ascenda a um novo estado de consciência, que, neste momento, além de louvável, é oportuno para a sua proteção e para a proteção de seu lar.

— Muito obrigada!

— Como está a sua filha?

— No passado, Aninha sofreu muito com a obsessão de um espírito trevoso muito forte, mas, depois que chorei aos pés da imagem de Ogum, senti que ela melhorou da água para o vinho. Hoje, minha menina até vai sozinha para o terreiro, pois tomou muito gosto pelos orixás e pela magia por trás da religião. Inclusive, logo mais, ela vai se preparar para ir até lá.

— Eu sei. Hoje, vou acompanhá-la até o templo.

Conversamos mais um pouco, até que Ana estivesse pronta para ir ao templo onde praticava sua religiosidade. A aparência da jovem moça estava totalmente diferente: confiante, ereta e saudável. Ao mesmo tempo que me alegrava, lamentava por ter sido, no passado, um dos responsáveis por sua derrocada. A vida é assim e, em prol de nossa evolução, Oxalá nos juntou para que conseguíssemos seguir com nossas missões — Ana ainda precisava saber qual seria a dela.

Enquanto a jovem se despedia da mãe, disse:

— Sua benção, minha mãe. Hoje, teremos uma gira de esquerda na casa.

— Filha, vá preparada, porque hoje você terá uma surpresa!

Ana saiu de casa com uma grande interrogação, pois aquela seria a primeira vez que participaria de um trabalho chamado "gira de esquerda" ou "gira de exus e pombagiras". *O que seria a tal surpresa?*

Enquanto eu a acompanhava, percebi que ela não havia notado minha presença, mas não importava, já que minha prioridade era mantê-la em segurança e plena para sua primeira experiência com espíritos de energia como a minha.

Quando chegamos ao terreiro, revi alguns guardiões conhecidos, todos de prontidão para o início das atividades. A moça entrou para se preparar para o grande dia.

Enquanto Ana e os demais médiuns estavam em estado de concentração e meditação, eu e os demais trabalhadores espirituais firmamos toda a energia de sustentação dos trabalhos que começariam nos planos físico e astral.

Antes do início da gira, me aproximei de Pai Congo para me colocar à sua disposição novamente, assim como fiz em minha última visita.

— Salve, preto-velho! Trouxe a menina Ana com segurança e, se necessário, ficarei na porta ou nos portões da prisão, como bem fiz em nosso último trabalho.

— Guardião, o nêgo agradece, mas hoje suncê será útil de outra forma. Os guardiões que cuidam dessa menina aceitaram de bom grado os pedidos dos grandes orixás naturais para que, nesta vida, se afastassem dela e você assumisse o lugar deles. Assim, ela será protegida e preparada de perto por você. Hoje, é dia de consulta. A consulência e sua médium aguardam ansiosamente para que, juntos, realizem um bom combate em favor da luz e da caridade.

— Assim será feito.

Pouco antes da abertura dos trabalhos, percebi que, ao lado do sacerdote que realizaria a preleção, além de Pai Congo, havia um grande guerreiro de longa capa preta. Era o guardião do templo, o Exu Sete Encruzilhadas, que, por meio da mediunidade do sacerdote, pediu passagem para incorporar e falar um pouco aos presentes. Suas palavras abriam a mente daqueles que ainda teimavam em demonizar ou confundir o que nós, guardiões-exus, somos e fazemos.

— Boa noite a todos! Sejam bem-vindos à nossa casa! Sou um guardião da esquerda de Deus e hoje venho dizer algumas palavras sobre quem nós somos. Desde os tempos antigos, o mundo tenta expurgar da Terra o desconhecido e o oculto. Desde sempre, o diferente e o audacioso são vistos como frutos do pecado. Isso ocorre desde os tempos de Adão e Eva até os dias atuais, e ocorrerá no futuro. Sempre procurem entender o diferente; procurem entender além do ponto central que está na frente de seus olhos; além do véu, sempre há mais a ser explorado, estudado. Muitas vezes, o entorno é mais importante do que aquilo que é esfregado bem no meio de sua cara. Nas terras altas, as druidesas, grandes curadoras e magas, foram demonizadas e queimadas vivas. Xamãs, babalaôs e outros, que outrora salvaram suas comunidades, também foram mortos graças à ignorância do homem, que acha que o diferente é errado ou a personificação de todo o mal. Amém! Rá, rá, rá!

Tomando um pouco de fôlego, clamou:

— Aos presentes, mais uma vez, ensino e peço: não façam com a Umbanda e com a banda dos exus e pombagiras o que os ignorantes do passado fizeram com as religiões e cultos ao redor do mundo! Nós, assim como os caboclos e as demais linhas, somos meros trabalhadores a serviço da Lei Maior e da Justiça Divina. Servimos aos orixás e, por ordem deles, executamos o que nos é pedido. Se, mesmo com essas palavras, não fui claro, pela última vez repetirei: não julguem o desconhecido por sua aparência; não coloquem a negação frente ao desconhecido em suas vidas; nela, não existe verdade absoluta, tudo é relativo! Sem exceção, todos os frequentadores dessa religião — que abraça todos sem preconceito — trabalham com fervor e com servidão por aqueles que necessitam aprender sobre igualdade, amor e fraternidade. Tenham uma boa gira!

Quando o guardião Sete Encruzilhadas concluiu sua mensagem de abertura, deu o comando para que os atabaques convocassem todos os guias que estavam ali para trabalhar por meio da mediunidade de seus aparelhos, que se colocavam à disposição deles.

O som dos atabaques, que eram tocados pelos ogãs, emanava uma forte energia, colocando os médiuns em transe e facilitando a aproximação e o acoplamento das entidades. Ana, em estado de êxtase e nervosismo por tudo o que estava passando, acabou tendo dificuldades para se concentrar e abrir o campo mediúnico para minha atuação.

Percebendo a dificuldade da médium, o dirigente dos trabalhos se aproximou para auxiliar na abertura de seu campo, mas, como eu já sabia, ele logo percebeu os mistérios e símbolos que o espírito de Ana guardava. Então, pedi a autorização do chefe da gira para que, por meio de seu médium, comunicasse minha mensagem de forma que ela compreendesse o que se passava, alinhasse sua frequência energética e, assim, pudéssemos fazer o que nos propusemos no templo.

— Lucifer, se é a única maneira de a sua médium entender o que deve ser feito, então autorizo seu pedido.

— Obrigado, guardião!

Quando o guardião-chefe dos trabalhos se afastou de seu aparelho, o sacerdote deu a ver sua experiência e, antes de abrir seu campo para mim, avisou a Ana o que aconteceria.

— Minha filha, em um dia como hoje, a ansiedade é normal. Fique calma.

— Meu pai, a minha ansiedade fez com que o senhor se desconectasse de seu exu. Peço-lhe desculpas por atrapalhar. Muitas coisas e muitas visões passaram por minha cabeça desde que foram anunciados os trabalhos de esquerda.

— Filha, eu entendo sua agitação, mas confie na força de seu espírito, em sua mediunidade, e deixe o restante com a espiritualidade maior. Nossa casa é uma casa de orixá. Oxalá jamais daria permissão para que alguém mal-intencionado fizesse mal a você. Darei passagem para que seu guardião, por meio de minha mediunidade, dê seu recado. A partir de então, será com vocês dois.

O sacerdote fechou os olhos e, em meditação, abriu seu campo mediúnico para meu acoplamento.

— Laroiê, guardião Lucifer! Estou pronto.

— Salve, babalaô! Obrigado por seu ato de bondade. Isso será retribuído a você.

Após a minha chegada à Terra — ou minha incorporação, como popularmente é dito no terreiro —, pude me aproximar de Ana e dizer o que era necessário.

— Salve, menina! O que se passa em sua cabeça não são alucinações. Em outro momento de sua vida, você já sentiu minha energia, mas agora o que importa é a mensagem que vou passar a você, pois é importante para o seu presente e para o seu futuro.

— Salve, exu! Você é o guardião que me acompanha?

— Sou um dos guardiões, menina. Digamos que nós dois temos missões e assuntos que devem ser resolvidos em conjunto.

— Está certo, meu pai. Estou pronta.

Àquela altura, não era necessário relembrar histórias do passado, pois isso só serviria para fazer regredir o processo de evolução mediúnica da jovem. Então, assim que sua adrenalina baixou, pude me desconectar do sacerdote e me atrelar ao meu aparelho de trabalho: Ana.

Os meses se passaram e, com a prática e a confiança que ela adquiriu, conseguimos atender, encaminhar e auxiliar centenas de encarnados e desencarnados.

Devido ao trabalho conjunto que realizamos com os demais trabalhadores — médiuns e mentores —, o templo ficou em evidência, tanto no plano físico quanto no baixo astral. Isso fez com que, ao longo do tempo, a mão de obra do baixo mundo diminuísse significativamente.

Meu trabalho de persuasão, que já era conhecido entre meus companheiros, também ficou famoso nas baixas esferas. De sacerdote a psicólogo devastador; de um trevoso inescrupuloso a um bom pastor. *Seria possível, enfim, regenerar-me?* Essa era a principal indagação feita pelos espíritos negativados com um mínimo de consciência e pelos tantos homens e mulheres encarnados que tinham uma vida desregrada e desequilibrada na Terra. Minha resposta a essa pergunta era sempre a mesma:

— Cedo ou tarde, vocês entenderão o mantra entoado pelos quatro cantos: "Do branco você veio e ao branco retornará".

SOMOS TODOS IMORTAIS

Na tentativa de reparar todo o mal que realizei em vida, exigi da médium o que não tive enquanto encarnado: excelência, destreza e dedicação. A cada trabalho no templo, Ana recebia um novo aprendizado, uma nova história e uma nova chance de mostrar-se grata aos orixás e aos mentores que sustentavam sua trama na Terra. Assim como aconteceu comigo, fiz com que o tempo fosse o agente responsável por auxiliá-la na expansão de seu estado de consciência energética. Assim, ela poderia, pouco a pouco, relembrar suas habilidades nos campos místico e ritualístico e cristalizar suas fraquezas ao máximo.

Fazendo isso, eu tinha a certeza de que deixaria minha aprendiz elevada e suficientemente preparada para não ficar suscetível às más influências internas e externas. Melhor que qualquer outro, eu sabia o quão profundamente ela poderia cair, por isso nunca permitia que ela esquecesse este ensinamento: "Quanto mais degraus subimos, maior é a nossa derrocada".

Além disso, eu sempre lembrava a Ana a mensagem do caboclo que carregava uma única flecha certeira: "Um olho aberto e outro mais aberto ainda".

Com esses singelos — porém importantes — ensinamentos, ela viveria sua encarnação de forma sábia e segura. Bem encaminhada, ela me daria tranquilidade e tempo suficientes para finalmente agir contra as intenções de Malak. A cada passagem de tempo, sentia que nosso derradeiro encontro se aproximava.

Agora, Ana e sua mãe, dona Izilda, estavam juntas e harmoniosamente alinhadas dentro de seu lar. Elas conseguiram elevar a energia da casa onde moravam de uma forma impressionante. Então, em uma tarde qualquer, voltei a me apresentar na frente da druidesa adormecida.

— Salve! Vejo que vocês duas, finalmente, se transformaram em uma equipe e tanto.

— Salve, guardião! Graças a você e à sua rigidez com minha filha, conseguimos nos alinhar.

— Izilda, o trabalho com sua filha começou no dia em que você chamou a cavalaria para vir me buscar.

— Você tem autorização para nos falar sobre isso?

— Sim. Sua ação foi de grande valia para que eu pudesse ser recuperado e trazido de volta à luz, da qual sempre fiz parte. Nada é mais forte que o pedido desesperado e verdadeiro de uma mãe. Como você foi a responsável indireta por minha regeneração, eu fui escolhido, por ordem direta dos divinos naturais, para ser o mentor de Ana, sua filha. Na realidade, eu vim parabenizá-las. Mantenham as firmezas espirituais dessa maneira.

— Guardião, sabe o que mais me intriga?

— O quê?

— Eu e minha menina começamos a fazer coisas e criar proteções que pareciam mirabolantes demais, considerando o conhecimento que adquirimos nesta vida. Nunca estudei a manipulação de ervas, pedras e símbolos, mas eles surgem em nossa cabeça com muita naturalidade e, de alguma forma, funcionam, agindo positivamente em nossas vidas.

— Rá, rá, rá!

— Do que ri?

— Ué, você vê e fala com gente morta e se espanta por saber de tanta coisa?

— Claro que sim! Parece que vivi muito para ter adquirido esse conhecimento.

— Izilda, não seja tola! Vocês são e sempre serão imortais!

— Imortais?

— Quando entender que a morte do corpo é única e exclusivamente a transformação de um estado em outro, compreenderá que a reencarnação é apenas um dos muitos estágios pelo qual o espírito passa nesta longa e interminável estrada da evolução.

— Guardião, obrigada por seu tempo e esclarecimento. Nossa vida é tão atribulada que nós mesmos colocamos o véu da ignorância em frente ao óbvio.

— Izilda, guarde esta conversa em seu coração e reflita sobre tudo o que conversamos. Agora que está ciente de sua imortalidade, dedique ainda mais tempo a assuntos voltados às magias mental e elemental.

LUCIFER

A ESTRADA DA EVOLUÇÃO

A ESTRELA DO ORIENTE

O que podemos definir como o mais importante na vida? Sabedoria traz paz. Paz transmite equilíbrio, que, por sua vez, expande o conhecimento e revela a verdade direcionadora do amor, preenche o vazio e vitaliza tudo ao redor. Nada disso importaria se não existisse o tempo, que irradia tudo o que for necessário, se a intenção é verdadeira. Porém, quando não há boa ação na energia aplicada, o tempo pode contrariar-se e absorver tudo para si. Agindo no vazio, ele suga a energia, e o ser vive em um estado iminente de inércia, nada absoluto, escuridão, silêncio...

Quando encarnado, fui obrigado a fugir do hospital e da guerra. No momento em que me faltaram forças, caí na neve, e um espírito natural me colocou em um turbilhão gélido de energia e me deixou essa mensagem que, até então, não tinha sentido para mim.

Depois de tanto tempo desencarnado e de vários trabalhos realizados como guardião da luz, percebi quão bem o tempo trabalhou a favor de minha evolução. Tudo é transformação — o dia em noite, o ódio em amor, a ignorância em sabedoria.

A partir do mistério que carregava, entendi o detalhe necessário para combater aquele que possuía o poder da destruição total: o tempo. Tirando-lhe o tempo, nada restaria, somente o vazio. Infelizmente, tanto eu quanto mãe e filha éramos peças fundamentais para Malak realizar seus feitos magnânimos de destruição. Por sorte ou destino, fui salvo pelos orixás, que me incumbiram de protegê-las e destruir os planos dele.

Antes de voltar para meu templo, deixei alguns de meus melhores soldados guardando a casa de minha médium. Assim, partiria tranquilamente para minha missão.

Quando cruzei a barreira entre os dois mundos, passei rapidamente por um agrupamento de soldados do reino de Malak que buscava por um médico da mente. Como estava camuflado, usando outra vestimenta, eles não notaram minha presença, e pude chegar em segurança ao templo, onde fui alegremente recebido por meu grande companheiro de jornada.

— Salve, doutor! Realmente, sua missão demorou demais. Tempo suficiente para que o baixo mundo estivesse feroz à sua caça.

— O que houve aqui durante minha ausência?

— Malak saiu do umbral e está à sua procura. Como estava na Terra, cercado por vários agrupamentos que o escoltavam por ordem direta dos orixás, você teve tempo suficiente para proteger e preparar as duas mulheres. Além disso, despertou o conhecimento final e revelador do mistério magístico da fé em você.

— Sim, Capa. No principal sentido da vida, o mais importante é ocultado: o tempo.

— Pois é, meu amigo. Desejo sucesso em sua batalha.

De nada adiantaria ficar em meu templo, apenas perderia tempo. Portanto, fiz uma breve oração rogando aos orixás que me concedessem força e conhecimento suficientes para travar um bom combate e proteger os inocentes. Convoquei todo o meu agrupamento para se reunir na frente das colunas do templo e transmiti os ensinamentos finais àqueles que me serviam como soldados de falange:

— Salve, meus irmãos! A partir de agora, não sei o que acontecerá comigo, mas convivi tempo suficiente com todos aqui para que aprendessem as regras do bom combate e da servidão eterna à Luz Maior, à Lei e à Justiça Divina. Hoje, parto para uma grande batalha e só levarei comigo aqueles que, de bom grado, estiverem dispostos a dividir sua última grande experiência. Talvez essa também seja a oportunidade de finalmente verem minha espada fora da bainha. Rá, rá, rá!

Assim que terminei de falar, houve um silêncio absoluto. Os 700 soldados presentes se ajoelharam e, como se fosse uma manobra ensaiada, entoaram o famoso mantra que incorporei em minha jornada como guardião:

— Do branco viemos e ao branco retornaremos!

Em nome de todos os presentes, o general da guarnição disse:

— Iremos todos, meu senhor! Que Ogum e Oxalá nos amparem nesta missão.

— Obrigado a todos vocês, meus irmãos!

— Depois de tudo o que alcançamos com sua ajuda, ninguém vai deixá-lo sozinho. Ainda que esse seja o nosso último combate, iremos todos juntos!

Após tamanha demonstração de lealdade, achei por bem conceder a todos a oportunidade de se dirigirem ao palácio no qual, assim como eu, tantos outros foram torturados, perseguidos e escravizados. Ao preparar minha partida, percebi que, além de minha guarnição, havia vários espíritos que se identificaram com minha forma de trabalho e que trabalhavam tanto na esquerda quanto na direita de Olorum.

Antes de sair, uma última surpresa: Hammel, meu grande mestre. Assumindo finalmente a sua roupagem original, chegou montado em seu forte cavalo e seguido por sua guarnição.

— Salve, Lucifer! Nem eu nem os demais permitiríamos que você embarcasse em uma missão suicida.

— Salve, meu mestre! Eu não colocaria em perigo aqueles que nada têm a ver com os problemas que preciso resolver.

— Bom, não estamos perguntando se quer ajuda... vamos todos! Malak já é forte sozinho e, ao lado de seu exército, é ainda mais poderoso. Unidos, nós o colocaremos no devido lugar.

Após a imposição de meu mentor, nos agrupamos em uma única célula e seguimos em direção ao reino de Malak. Estávamos todos obstinados para, enfim, destruir as celas daquele reino maldito.

Logo no início de nossa descida até as esferas do reino do guardião das trevas, nossos soldados sofreram resistência e vários ataques vieram em nossa direção, mas nenhum com relevância ou força, pois, além de obstinados, estávamos apoiados pelo axé dos orixás. Com as forças da Estrela do Oriente unidas, nada poderia nos deter.

Como mãe e filha eram peças-chave no tabuleiro inimigo, foi necessário que todos os guardiões da fé, outra vez, se juntassem para formar a Estrela do Oriente e deter aquele que se tornara uma grande potência do umbral.

Quando chegamos ao local em que, muitas vezes, fui condecorado como soldado das trevas, fomos recebidos pelo próprio Malak.

— Achei que nunca mais voltaria aos meus domínios, doutor.

— Malak, ordeno que aborte sua missão contra o alvo que escolheu destruir!

— Agora ordena, Lucifer? Bem, nossa conversa somente evoluirá em um local neutro.

— Aonde quer ir?

— Vamos à casa das duas, agora!

— Isso está fora de cogitação. Elas não serão colocadas em risco!

— Agora se acovarda, senhor da mente? Terminaremos nossa história onde tudo começou!

— Então, iremos apenas nós dois. Nossas tropas não precisam se confrontar. Essa história termina hoje, e essa será a única concessão que farei a você.

Enquanto eu estava nas terras baixas do umbral, Ana e Izilda sentiram que havia algo errado, pois havíamos criado uma conexão estreita. Depois de minha visita, ambas se aprofundaram nos conhecimentos de magia e no entendimento das forças e fatores dos sagrados orixás.

— Ana, minha filha, assim que seu guardião expandiu meu estado de consciência, entendi que verbalizamos energia. Então, de acordo com minha intuição, em pouco tempo receberemos aqui em casa uma alta carga negativa. Sejamos sábias, minha filha, e nos preparemos para o pior que está por vir.

— Mãe, sabemos o que é necessário para trabalhar em favor de nossa proteção, mas, se a senhora voltar a intuir isso, acho melhor ficarmos dentro do templo de Pai Congo, pois a energia será fortíssima e em um grau muito superior ao nosso.

— Sim, minha filha. Vamos abrir os portais de nossa casa e deixar que as forças naturais e do tempo fechem todos os buracos negros que venham a ser abertos. Feito isso, seguiremos para o templo do preto-velho.

Conforme a intuição que receberam, muitos séculos e vidas depois, mãe e filha voltaram a trabalhar como verdadeiras druidesas. Assim, abriram os portais agentes do tempo que me auxiliariam a neutralizar as forças de Malak.

Ciente de que ele atentaria contra minhas protegidas da forma mais suja possível, fiz o que pude para que elas despertassem sua consciência energética e relembrassem a prática magística que tanto exerceram em outras encarnações. Por graça e luz de Oxalá, ambas seguiram à risca meus conselhos e intuições, deixando o campo preparado e favorável para meu combate contra um dos mais poderosos generais do umbral.

Como eu e Malak tínhamos ligações com os espíritos da mãe e da filha, abrimos com facilidade um portal na casa e iniciamos o que seria o capítulo final de nossas diferenças.

— Agora, então, você se transformou em um exu?

— Sim, Malak. Paguei por meus crimes em ambos os lados da existência espiritual e ascendi à luz como um guardião-exu.

— Você estava em um lugar onde tinha poder. Agora, é mais escravo do que quando servia a mim, doutor! Use seu livre-arbítrio. Ainda é tempo de mudar!

— Não me considero um escravo, e sim um servo fiel de Aruanda. Sirvo aqui na Terra, ajudando os humanos, ou no baixo mundo, doutrinando espíritos que são como eu fui um dia.

— E sua liberdade de pensamento?

— Agora, o poder de minha mente é usado em favor daqueles que necessitam enxergar a luz, ainda que por meio das trevas.

— Sua mente e seu espírito são meus, Lucifer!

— Jamais me curvarei a você ou a qualquer outro que trabalhe contra a Lei Divina. Chega de conversa sem fundamento!

Malak, na verdade, tentava ganhar tempo para que seu exército atravessasse o portal que abrimos.

A questão fundamental é que, assim como Malak, eu também era um bom estrategista de guerra. Um dos primeiros ensinamentos que recebi foi de que jamais devemos negociar com nossos inimigos se não tivermos um plano infalível na cartola.

Assim que os soldados de Malak atravessaram o portal, foram instantaneamente absorvidos pelas escritas mágicas criadas por Ana e dona Izilda. Naquele momento, tive a certeza de que meu trabalho com elas havia sido bem-feito. O trabalho de parceria entre mentor e médium só funciona se o aprendiz entender e aplicar, com muita dedicação e afinco, tudo o que for intuído a ele. As mandalas — portais mágicos — ativadas pelas duas druidesas abriram verdadeiros clarões, que projetaram os espíritos naturais do fogo purificador. Durante a ação das mandalas, percebi que esses naturais seguiram pelo portal, que estava ligado à casa, em direção ao reino de Malak, o que o deixava com duas opções: lutar comigo e perder seu reino ou abandonar sua estratégia de tê-las como peças de tabuleiro e defender o pouco que restava a ele.

Felizmente, minha tática de combate obteve êxito e Malak atravessou o portal aberto de volta para seu reino na tentativa de defender o que lhe restava.

Depois que ele se foi, esgotei toda a negatividade do local e fechei os portais abertos, selando, assim, qualquer investida dele ou de seus soldados àquela casa. Contudo, nada é eterno, o que significa que os portais somente permaneceriam selados caso Ana e dona Izilda mantivessem sua saúde espiritual em dia, vigiando todos os pensamentos e atitudes. Com isso em mente, nada se infiltraria ali.

Eu sabia que elas estavam no templo de Pai Congo. Então, assim que fechei os portais, projetei-me até lá, a fim de orientá-las sobre o que aconteceria dali em diante. Entrando no terreiro, fui calorosamente recebido pelo preto-velho.

— Mojubá!

— Salve, Congo!

— Fazia tempo que não víamos a Estrela do Oriente junta, ativa e fortificada.

— Nossa guerra está só começando, Congo. Agora mesmo migro rumo às baixas esferas.

— Novamente o saúdo. Conclua sua missão e saiba que, aqui em nossa egrégora, as duas estão sendo assistidas e protegidas por todos os guardiões e mentores.

Antes de sair, me aproximei de Ana e Izilda. A mãe podia me ver e conversar normalmente comigo devido à sua mediunidade de clarividência e clariaudiência.

— Lucifer, eu sabia que havia algo errado!

— Como sabem, não posso revelar muito sobre as coisas que ocorrem de nosso lado, mas, a partir de agora, a vida de vocês será mais tranquila.

— Espero não sofrer mais! Foram anos de tormenta... — disse Ana.

— Ana, sua missão dentro da caridade é muito grande. Saiba que ainda teremos muito a fazer juntos. Por ora, preciso me ausentar, dando espaço para que outros espíritos ligados à sua trama espiritual se aproximem. Assim, terá a oportunidade de conhecer forças, linhas e formas de trabalho diferentes, mas tão eficazes quanto as minhas.

— Justo agora que estávamos nos entendendo?

— Ana, nossas vidas se cruzaram algumas vezes, e eu voltarei em breve. Essa missão precisa ser concluída.

— Vá na força de Zambi!

— Rá, rá, rá! Que Oxalá sempre ampare você, minha filha! Assim que chegarem em casa, quero que reforcem a proteção espiritual do ambiente e reabram os mistérios magísticos que ensinei a vocês. Isso será fundamental para que eu consiga concluir meu trabalho com sucesso.

Ao ouvir tal determinação, Izilda disse:

— Lucifer, vejo que, de alguma forma, estamos ligadas a toda essa confusão.

— Sim, Izilda. Ambas têm uma ligação comigo e com o executor das trevas que tenta roubar Ana deste mundo. Por isso, repitam o bom trabalho que fizeram anteriormente.

Após uma triste despedida, não tive tempo de celebrar a vitória de minha batalha. Sabia que o agrupamento da Estrela do Oriente me aguardava para o final de nossa grande guerra.

Atravessando a crosta rumo aos portões de Malak, já sentia reflexos e indícios de que a batalha havia começado sem mim. Muitos dos soldados deles haviam sido presos, mas muitos dos nossos também. A invasão ao templo era iminente e, somente dessa forma, a guerra seria findada.

LUCIFER CAIU?

Em Aruanda, fui recebido de volta por meus companheiros de guerra e nos reagrupamos para direcionar nossas forças contra o já abalado reino de Malak.

Antes de seguirmos para os portões do reino umbralino, Hammel — que chefiava todo o agrupamento da Estrela do Oriente — pediu a palavra:

— Todos aqui representam a luz da fé de Oxalá, a magia de Xapanã e a ponta da espada de Ogum. Sejamos bravos guerreiros, em nome do Olorum e da Estrela do Oriente! Hoje, derrubaremos mais um reino nefasto. Que a força dos orixás esteja conosco!

Ao sinal de Hammel, todos os soldados da causa, chefes de falange ou não, seguiram, como uma só força, rumo aos portões de Malak. Enquanto marchávamos, ouvíamos o brado dos caboclos guerreiros, sentíamos no chão o tremor dos cavalos dos boiadeiros de Oyá e víamos o brilho das espadas dos guardiões de esquerda.

Em outro plano, estavam Ana e Izilda, que seguiram meus conselhos e abriram os portais mágicos, como haviam feito antes, para que os naturais do fogo também auxiliassem em nossa campanha final para a derrocada do templo inimigo.

Assim que passamos pelos portões de entrada do templo — que já estavam danificados graças aos naturais do fogo —, o agrupamento se separou em grupos de resgate, grupos de socorro e grupos de ataque, flanqueando todos os pontos e níveis do local. A ordem era prender todas as sentinelas e deixar Malak exposto e vulnerável sem a força de seu exército.

Com nossa missão quase concluída, percebi que um de meus companheiros estava desaparecido — o guardião Capa Preta decidiu ir sozinho ao encontro do forte general e mago negro Malak.

Ao entrar no salão principal do reino, tomei cuidado para não ser notado. Logo vi que meu companheiro estava gravemente ferido e que, infelizmente, eu pouco poderia fazer sem que ele fosse ainda mais prejudicado. Em nome de tudo o que ele havia feito por mim e como prova de minha gratidão, tracei um novo plano de combate e resgate. Decidi me arriscar e encarar o general, doando minhas forças em troca da liberdade de meu grande amigo e companheiro de batalhas.

— Então, você finalmente chegou, Lucifer!

— Malak, sua batalha é comigo. Caso livre este guardião de qualquer perigo, me colocarei ao seu dispor.

— O que me garante que você está dizendo a verdade?

— Entregarei a você o que tenho de mais valioso.

— E o que é?

— Darei a você minha espada e minhas vestes de guerra.

Assim que eu e Malak firmamos nosso acordo, nós três saímos do grande salão em direção à parte externa do reino. Aos olhos de nosso agrupamento, o primeiro a aparecer foi o guardião Capa Preta, que assustou a todos com sua aparência e baixa frequência energética. Em seguida, eu e o general emergimos, e o agrupamento entrou em êxtase, achando que eu tivera sucesso na missão.

Quando nos aproximamos, porém, perceberam que eu estava sem minhas vestes de guerra e amarrado como um prisioneiro. Os guerreiros presentes ficaram atônitos com a cena e começaram a murmurar uns para os outros: "Lucifer caiu!".

Malak teve o prazer de anunciar ao líder e à tropa da Estrela do Oriente nossa derrota iminente. Naquele momento, na frente de Hammel, ele disse:

— Pois bem... Meu reino é invadido, e seu soldado mais talentoso está sob minha custódia. Que ironia do destino! O acordo que ofereço a você é o seguinte: Lucifer voltará a me servir de acordo com minhas vontades. Ele será meu!

— O que me pede é inaceitável! Como ousa dizer isso? Não negociaremos esses termos com ninguém!

— Hammel, eu asseguro a você que nem eu nem qualquer um dos nossos incomodaremos nos próximos 200 anos. Pense bem.

Sem dar margem a dúvidas, concordei com os termos. Seriam 200 anos sem que o plano espiritual e o povo da Terra tivessem a intervenção direta de uma das tropas mais poderosas e influentes dos reinos umbralinos. Aquele reino abrigava grandes generais de guerra, soldados de todos os tempos, cientistas, magos negros e até mesmo sacerdotes especialistas em fanatismo religioso — todas as grandes mentes influenciadoras por trás de catástrofes magnânimas em qualquer mundo.

Meu consentimento, contudo, era falso. O plano era colocá-lo em posição de conforto e soberba para, então, atacá-lo de forma certeira e definitiva.

Assim que aceitei os termos em nome de meu grupo, Malak pediu que todos os presentes o saudassem, o pacto fosse selado e a guerra, encerrada. Antes que os soldados começassem a se ajoelhar perante o general — assumindo o acordo e a derrota —, pedi que fosse solto. Já que eu havia escolhido de bom grado ser escravo de Malak, não precisava ficar amarrado, pois não iria atacá-lo.

Orgulhoso de sua grande virada, o general não viu problema em atender àquele simples pedido.

— Como agora você é um escravo, não será necessário que o chamem de Lucifer. Voltará a ser o meu bom e velho "doutor"!

— Malak, em nome de todos, digo a você que somos gratos por sua extrema bondade e benevolência ao aceitar esse pedido.

— Pensando bem, doutor, o que acha de trazermos aquelas duas druidesas para meu reino? Creio que 200 anos por três espíritos é bem razoável. Eu e elas temos uma conexão direta.

Não será difícil influenciar um suicídio para que, assim, elas venham diretamente para o meu templo.

— Magnífico! Faça isso agora mesmo!

A resposta causou grande espanto, já que todos discordavam de minha escolha de ser negativado e escravizado novamente. Ao mesmo tempo, ninguém podia interferir em minhas ações, em meu livre-arbítrio, e, até então, todos achavam que eu estava me bandeando para o lado de Malak em nome do bem comum.

O que ninguém sabia era que a confusão e o caos que eu criava eram propositais. Nossos soldados ainda não tinham libertado os prisioneiros de guerra. Parte da missão havia sido cumprida pelo agrupamento, prendendo a totalidade das sentinelas e dos escravos que pertenciam ao reino inimigo.

Experiente líder de batalhas espirituais, Hammel percebeu a manobra que eu realizava e começou a influenciar os soldados da Estrela do Oriente para que encenassem sua rendição. Dessa forma, Malak entraria na encruzilhada que eu construíra para ele.

Com os termos de rendição impostos e aceitos, o grande general, em uma posição de conforto favorável, sem perceber, abriu a guarda. Aquele era o momento-chave para a minha investida. Especialista em manipular as pessoas por meio da mente e das palavras, finalmente tive a oportunidade de colocar à prova todo o meu conhecimento, favorecendo tanto a mim quanto àqueles que me acompanharam naquela longa e sofrida jornada.

*VIVAMUS VITAE**

Em paralelo a tudo o que acontecia nos baixos planos espirituais, Ana e Izilda trabalhavam com muita força e destreza, colocando em prática tudo o que haviam aprendido comigo. Inconscientemente, tudo era feito em favor de minha missão. Àquela altura, minha estratégia só daria certo se conseguissem abrir o portal do tempo para que eu confinasse Malak no vazio absoluto. Assim, poderia, finalmente, pôr fim a uma guerra que se arrastava havia tempo demais.

Há milênios, a alta magia — que hoje em dia é vista e ensinada em diversos templos — é exercida e cultuada em terras, culturas, formas e determinações voltadas à prática

* Do latim, significa "viver a vida". [NE]

do bem, da luz, da paz e, exclusivamente, à cura do corpo, da mente e do espírito. Receber o chamado e a outorga para a arte da magia nada mais é que uma simples recordação do que já se praticava em um passado esquecido. Através das reencarnações, mãe e filha faziam hoje, com destreza, o que já exerciam em vidas passadas.

No passado, quando era um espírito escravo das trevas, recebi diretamente do chefe — como Malak também era conhecido — a missão de influenciar a destruição da família de Izilda e o suicídio de Ana. Com isso, colocaria ambas à mercê de um monstro inescrupuloso. Agora, aos olhos dele, eu finalmente concluiria as ordens que recebera.

Infelizmente, em minha última encarnação, minha queda se deu por eu ser uma pessoa extremamente vaidosa e solitária, que, antes de buscar entendimento sobre os sentimentos e as relações humanas, decidiu decifrar os gatilhos da mente humana a fim de manipular e ter qualquer um sob total controle.

Essas qualidades e virtudes fizeram com que o grande general do umbral me visse como uma peça fundamental para a execução de seu plano: trazer para seu reino duas grandes iniciadas nas forças elementais. Caso sua missão fosse bem-sucedida, ele finalmente combateria o fogo com fogo negro.

Seria Deus escrevendo certo por linhas tortas? Deus seria alguém tão perverso e capaz de preparar um filho Seu da pior forma possível?

Talvez essa tenha sido a única forma de fazer com que eu atingisse o grau necessário para a missão que recebi após minha última encarnação. Um santo sacerdote ou um mago —

como fui em outras existências — teriam a frieza, a capacidade e a experiência necessárias para manipular alguém tão poderoso quanto Malak?

Seria a Força Divina combatendo fogo com fogo?

Inúmeras histórias foram contadas por parceiros guardiões que revelaram suas faces, ensinando algo simples em seus contos e livros: "Para ser um soldado da luz, que caminha sobre o denso chão do inferno, é necessário ser implacável e inteligente em relação aos outros".

O Alto escolhe, molda e capacita alguns que foram cuspidos da Terra para o inferno, de modo que se tornem exemplos de transformação, evolução e regeneração. Se alguém com tamanha negatividade é capaz de se moldar às leis do Grande Arquiteto do Universo, os demais também conseguirão, por bem ou sob as pontas de um tridente.

Enquanto minhas discípulas se preparavam para abrir novamente os portais, eu continuava na frente de meus companheiros e de meu rival, aguardando a melhor oportunidade para atacá-lo. Como Malak já se sentia vitorioso, era visível que sua preocupação era pouca e que sua defesa estava vulnerável, criando uma oportunidade vital para que eu finalmente acabasse com a guerra.

— Doutor, chegou a hora de atravessarmos o portal rumo à casa das duas e, de uma vez por todas, trazê-las para meus domínios.

— Sim, meu senhor. Mas, como estou desarmado e o senhor é mais poderoso que eu, precisarei que o faça.

— Assim o farei!

Enquanto Malak se preparava para abrir o portal, eu já sentia a vibração em meus símbolos sagrados, anunciando que mãe e filha haviam finalizado os preparativos. Dessa forma, os elementais seriam novamente liberados através dos portais e nos auxiliariam na vitória sobre o inimigo.

Era perceptível a presunção de Malak, que pensava estar em uma posição superior no campo de batalha. Sua enorme arrogância não o deixou perceber que, ao abrir o buraco negro que ligava seu reino à casa de minhas discípulas, ele definiria sua derrota.

Assim que o portal se abriu, salamandras e seres alados flamejantes saíram dele com toda a força, consumindo e destruindo qualquer forma ou espécie negativada que estivesse à sua frente.

— Lucifer, o que significa isso?

— Malak, não entendo sua pergunta. Rendi-me a você e, sem minhas armas, nada posso fazer. Se quiser terminar o que começou, precisamos atravessar o portal.

— O que você ensinou para aquelas mulheres, seu verme?

— Rá, rá, rá! Absolutamente nada! Elas nunca deixaram de ser aquilo que sempre foram. Os tempos passaram, e sua busca incessante por poder o impossibilitou de enxergar um palmo à sua frente. A evolução é inevitável.

— Como ousa rir disso tudo? Se não acabar com elas, acabarei com você!

— Estou pronto, não perca tempo!

No instante em que eu e Malak iniciamos nossa última luta, conforme a dança da chama das velas queimando sobre os símbolos firmados, mãe e filha sentiam a agitação dos acontecimentos.

— Lucifer, você nada pode fazer, além de implorar para voltar a ser meu escravo. Vou acabar com você usando sua própria espada!

Fui deixado de joelhos pelos golpes do forte Malak. Meus companheiros de falange — Capa Preta, Hammel e os outros — ficaram atônitos, achando que aquele seria meu fim e o término de nossa missão.

Antes de qualquer coisa, um exu é um lutador estrategista que, em muitas oportunidades, recua e se ajoelha perante o inimigo, a fim de alcançar seu objetivo maior: a vitória na guerra, e não apenas no combate.

Quando vi Malak empunhar minha própria espada, pronto para me ferir, coloquei-me em posição de meditação, alinhando toda a minha energia e liberando, assim, todos os meus mistérios, um a um. Dessa forma, eu poderia contra-atacar sem levantar um dedo sequer.

Todos os mistérios e símbolos que foram gravados em meu espírito pelos orixás naturais se multiplicaram e se ampliaram em torno dele. Por fim, uma grande estrela de cinco pontas projetou-se sob os pés de Malak, prendendo-o e esgotando todas as suas forças. Agora, eu poderia me levantar em segurança e, de uma vez por todas, encerrar aquela longa e árdua jornada.

— Malak, que as teias de Logunã o congelem e isolem, perdido no tempo e no espaço, pelo tempo que for necessário para que você se regenere. Nem Izilda nem Ana nem ninguém será ferido por você ou por um dos seus.

Ao fim dessa determinação, a própria Logunã materializou-se e, com sua energia cósmica divina, trouxe os turbilhões do tempo, sugando tudo o que estava preso à estrela. E, como uma tempestade gelada, desapareceu com aquele que havia sido um dos líderes mais diabólicos do baixo mundo. Finalmente, a paz reinaria na vida de muitos espíritos e encarnados que estiveram presos aos processos obsessivos dele. Liderados por Malak, muitos estrategistas militares, fanáticos religiosos, entre outros, incitaram momentos tortuosos e violentos na Terra e no mundo dos espíritos. Nada melhor que as forças do Oriente, regidas pelo trono da Fé, para findar um problema que havia tanto tempo atormentava o universo.

Assim que as energias estabilizaram, meus companheiros se aproximaram. Em sinal de reverência e agradecimento, todos se ajoelharam e, com a mão no peito, disseram:

— Salve, Lucifer!

Hammel e Capa Preta, demonstrando alegria e satisfação, disseram que eu deveria voltar ao meu templo para me restabelecer energeticamente. Novamente me saudaram pelo sucesso da missão e cada um retornou para o respectivo reino, levando consigo todos os presos e soldados inimigos. Sem exceção, todos os que estiveram presentes naquele episódio se tornaram, ou em breve se tornarão, valorosos soldados da Lei Maior.

Por um bom tempo, mãe e filha não sentiram minha presença, pois suas vidas estavam de fato estabilizadas e da forma como sempre deveriam ter sido: prósperas e leves.

Algum tempo depois, devido à idade avançada e a toda a energia doada em prol de nossa campanha, Izilda já não conseguia se manter consciente. Por isso, de comum acordo, o Alto resolveu trazê-la de volta para seu verdadeiro lar: Aruanda. Aqui, além de assistir à evolução de sua filha, ela poderia despertar todas as experiências adormecidas e, futuramente, ser colocada à disposição das forças da pátria umbandista.

Após o desencarne de Izilda, Ana manteve-se firme, sã e espiritualmente forte, frequentando com afinco a casa de Pai Congo, onde encontrou alegria, amor e um propósito para a vida.

Em minhas andanças, decidi aparecer no templo físico do preto-velho durante uma chamada de esquerda, como dizem na Terra. Queria visitar aquela moça que fora muito importante para o sucesso de minha missão. Além de meus agradecimentos, trazia notícias do outro lado da vida.

Assim que tocaram os atabaques, Ana foi chamada e indagada por Congo:

— Não sente nada familiar próximo a você, minha filha?

— Sinceramente, não, meu pai. Ando tão tranquila que não consigo sentir a presença de mais ninguém do mundo de lá — respondeu sorrindo.

— Concentre-se, feche os olhos e medite sobre tudo o que aconteceu. Quando entrar em transe, abra sua terceira visão e descobrirá quem veio visitá-la.

Concentrando-se, Ana relembrou todos os maus bocados pelos quais passou, de sua vida simples aos transtornos e, por fim, o desencarne de sua mãe — que ela indiretamente creditava a si mesma, devido a toda a preocupação que lhe causara. Guiada por Pai Congo, ela persistiu na meditação e foi orientada a abrir sua terceira visão, até que finalmente me viu.

— Salve, Ana!

— É você? Você é o guardião que nos acompanhava e conversava com minha mãe?

— Sim, sou eu mesmo.

— Nem sei por onde começar...

— Então, comecemos pelo início, minha menina. Estou aqui na sua frente para agradecer todo o trabalho árduo que você e sua mãe realizaram. Tudo aquilo foi fundamental para que nossas energias permanecessem sustentadas e minha missão fosse bem-sucedida.

— Mas nós fizemos tão pouco, exu...

— Na Terra, o que parece pouco reverbera com muita força no astral e, quando a fé é verdadeira, essa força vem como um turbilhão de energia. Por sorte, vocês eram conscientes do que faziam, e isso contribuiu a meu favor.

— Nesse caso, fico feliz por ter sido útil.

— E muito, minha criança! Também trago notícias de sua mãe.

— Ela está bem?

— Ela está em plena recuperação, em um lugar onde já reviu seus familiares e amigos queridos. Também pediu que eu dissesse que olha por você e deseja que siga sua missão espiritual com afinco.

— Mas ainda nem sei quem me acompanhará nessa jornada.

— Rá, rá, rá!

— Do que ri?

— Eu serei seu mentor. Juntos, escreveremos muitas histórias, permitindo que mais pessoas tenham acesso a essa religião e à autodefesa energética por meio dos portais magísticos.

— Se você estará comigo, aceito a missão.

— Salve, minha filha! Agora, é hora de trabalharmos.

— Laroiê! Exu é mojubá, Lucifer! Vamos, porque a gira já vai começar.

ARUANDA
• livros •

Este livro foi composto com a
tipografia Calluna 11/16 pt e impresso
sobre papel pólen soft 80 g/m²